わたしはわたしで

東山彰良
Higashiyama Akira

もくじ

装画　渡邊涼太

1

I Love You Debby

東京オリンピックについてわたしが知っていることは、あまりない。

すくなくとも、あの日まではそうだった。

記憶に留めておくには幼すぎたし、いまふりかえってみると、この年にはもっと重要なことが起こっている。

一九六四年八月、すなわちオリンピック開催の二ヵ月前、北ベトナム海軍の魚雷艇がアメリカの駆逐艦マドックスを攻撃した。いまだにアメリカの自作自演疑惑の残る、そう、東京《トンキン》湾事件である。

この事件を口実にして、リンドン・ジョンソン大統領が本格的にベトナム戦争に介入をはじめると、目端の利く商売人たちはいっせいに色めき立った。

我が家とて例外ではない。

傾きかけた町工場をわたしの父と兄弟ふたりで営んでいた暁《シャオ》叔父さんは、朝から晩までベトナム人を殺すための金属部品をつくりつづけた。

まだ幼かったわたしは工場の片隅で駄菓子などを貪《むさぼ》りながら、旋盤をまわす彼の背中をよく眺めていたものだった。耳障りな回転音は夜になっても消えることはなく、いつまでも耳のなかでぶんぶん鳴っていた。叔父の汗だくの背中をぼんやり見ていると、それがだんだん父の背中に見えてくる。わたしには父の記憶があまりなかった。

　暁叔父さんは一生懸命働いた。いつまでもあると思うな親と金と戦争特需、というところだろう。

「暁叔父さんがつくっていたのは、たぶん爆弾を飛行機に留めるための部品かなんかだったんじゃないかしら」と、母がいつか話してくれたことがある。「さもなきゃ、便器の排水レバーかもしれないわね」

　東京でオリンピックの準備が着々と進められていたその裏側で、アメリカは着々とベトナム戦争の準備を進めていた。叔父がなにをつくっていたにせよ、軍需物資を調達するアメリカのドルが便器の排水レバーを押したようにどっと台湾へ流れこみ、そのおかげでわたしたちの国は未曾有の高度経済成長期へと突入したのだった。

　わたしが子供の時分、台湾でスポーツといえば少年野球のことだった。

　一朝ことあるごとに、どの家でも老若男女がテレビにかじりつき、台湾の野球少年たちが世界の強豪を打ち破ってゆく雄姿に胸を躍らせた。わたしたちは声をからして声援を送った。庭先にテレビを運び出し、ガジュマルの樹の下で近所の人たちといっしょに盛り上がっている光景などもふつうに見られた。

台湾の野球少年たちは、わたしたちの期待によく応えてくれた。一度など、外国のピッチャーの子をめった打ちにして泣かせたことさえある。あのときは、この勢いで中国大陸をも光復できるのではないかと思ったものだ。

もしも少年野球が東京オリンピックの正式競技だったなら、わたしはかなりの確信を持って言うのだが、台湾中が商売そっちのけで沸騰していただろう。しかし野球は正式競技どころか、公開競技として神宮球場でたったの二試合が行われただけだった。アメリカのベトナム戦争介入と相まって、これではわたしたち台湾人が東京オリンピックにさほど熱狂しなかったのも致し方がない。野球は六十年代生まれのわたしたちの誇りであり、共産党との戦いに敗れて台湾へ逃れ落ちた上の世代の人々の、たったひとつの希望だった。

そんな台湾にたったひとりだけ野球嫌いがいるとすれば、それは暁叔父さんである。嫌い、という言葉では到底追っつかない。叔父の唐暁《タンシャオ》は心底野球を憎んでいた。みんながテレビのまえで大騒ぎしていると、暁叔父さんはいつでも猫のようにひっそりと家をぬけ出し、試合が終わるまでけっして家に寄りつかなかった。隣近所から湧き上がる歓声を、彼はまるで汚いものでも見るような貌《かお》で眺めやった。さあさあ、唐さん、あんたもこっちに来ていっしょに応援しよう、ほれ、子供たちががんばっとるぞ——どんなに誘われても、しかし、叔父は困ったように微笑むばかりだった。

「あの人もむかしは野球が好きだったのよ」母は首をふった。「あんたたちのお父さんといっしょに少年野球をやってたんだから」

　これはなにかあるにちがいない。

　しかし、それを叔父に直接訊いてみたことはなかった。暁叔父さんにはわたしと姉の好奇心を寄せ付けないなにかがあったし、わたしたちのほうでも子供心にそのなにかを恐れていた。なんといっても、わたしたち一家は暁叔父さんに食べさせてもらっていたのだから。日本の昔話に浦島太郎というのがある。暁叔父さんの野球嫌いは、その浦島太郎の玉手箱のようなものだった。

　わたしと姉のなかでは、父の死となにか関係があるのではないかということになっていた。一度、母と暁叔父さんが話しこんでいたのを盗み聞きしたことがある。

「ねえ、唐暁、あんたはあの人の遺体を見たんでしょ？」

「ああ……」叔父さんは顔を伏せていた。「建材に押しつぶされて、見られたもんじゃなかったよ」

「だったら、あの人かどうかわからないじゃない？」

「あれは兄貴だったよ」そう言って左手を持ち上げ、手首に巻いた数珠を母に見せた。「これは義姉《ねえ》さんが兄貴に贈ったもんだろ？」

「………」

「あれは兄貴だったよ」叔父は繰り返した。「この数珠をしてなかったとしても、おれが兄貴を見間違えるはずがないだろ？」

　わたしと姉はこっそりその場を離れた。わたしは姉にいろいろ訊きたかったが、口を開くまえに「閉嘴《おだまり》」と一喝されてしまった。わたしたちは無人の作業場の作業台にならんで腰かけたまま、ひと言も口をきかなかった。
一九六二年、わたしの父と暁叔父さんはオリンピック景気をあてこんで日本に渡ったのだった。

1

着陸態勢に入った飛行機の窓からは、変わらざること十年一日の如しの大地が望めた。青々と茂る田畑、スモッグに包まれた町並み、建設途中の高架線路。

二〇一四年十月、暁叔父さんの八十歳の誕生日を祝うために、わたしは娘を連れておよそ三年ぶりに帰国した。もし妻がまだ生きていたら、おそらくもっと長いあいだ不義理をしていたにちがいない。三年前に帰国したのは、妻の遺骨を彼女の実家へ送りとどけるためだった。わしらはみんな自分の欲しいものよりも欲しくないものをたくさん持っとるんだ。三年前、暁叔父さんはそう言ってわたしを慰めてくれた。欲しいものを持っていないのは自分だけだと思わんことだよ、哲明《ズォミン》。

飛行機がつつがなく着陸し、安全ベルト着用のサインが消えると、乗客たちがいっせいに立ち上がって頭上のコンパートメントを開けた。

「デビー、着いたぞ」わたしは娘に声をかけた。「これから会う暁叔父さんは……おまえは暁爺爺《おじいさん》と呼ぶことになるのかな、暁爺爺は寡黙な人だけど怖がる必要はないからな。ほんとうはとてもやさしい人だから」

が、イヤホンを耳に差した娘が聞いていたのはわたしの話ではなく、たぶんテイラー・スウィフトかだれかの歌だった。アイシャドウを黒々と塗りたくり、耳にはいくつものピアスをとおし、襟ぐりの大きなタンクトップにぴっちりしたジーンズを穿いたデビーは、そのような外見にふさわしい投げやりな態度で、頭で小さくリズムをとっていた。

飛行機を降りたわたしたちは、人波に流されるようにして税関へとむかった。

暁叔父さんは死んだ父のかわりに町工場を切り盛りし、母と姉とわたしの面倒を見、生涯妻を娶らなかった。たとえ母とのあいだになにかあったとしても、わたしも姉もそれによっていかなる不利益も被ったことはない。

わたしたち家族が現在サンディエゴでなに不自由なく暮らせているのはグリーンカードを取得した姉が呼び寄せてくれたからだが、そもそも姉がアメリカへ留学できたのも、暁叔父さんの援助の賜物である。

で、その暁叔父さんはといえば、いまも相変わらず廣州街の仕事場に七匹の猫といっしょに暮らしているのだった。働き者の叔父さんは酒を飲まないけれど、煙草だけはたくさん喫《す》った。

「だから暁爺爺が飼ってる猫たちはどれも煙草くさかったな」

反応がないので、わたしは彼女の耳からそっとイヤホンを取り、もう一度繰り返した。

「ＯＫ」デビーは英語で応じた。「So, this grandpa Hsiao is our family benefactor《つまりこの暁おじいさんはうちの恩人ってわけね》」

「You are right《そのとおり》」わたしは中国語に切り替え、「在台湾就請你講国語好嗎《台湾では中国語を話してくれるかい》？」

「But it's not fair《そんなの不公平よ》」

「国語《中国語だぞ》、デビー」

アメリカ生まれの娘はうんざりしたように目をぐるりとまわし、たどたどしい中国語で抗弁した。

「胖妹《パンメイ》伯母さんは台湾に来ないんでしょ？　ニューヨークでファッションショーの仕事があるって言ってたもん。あたしにだって……How do you say plans《都合ってなんて言うの》？」

「計劃《ジーフゥア》」

「あたしにだってそのジーフゥアってやつがあったのよ。サンドラといっしょに髪をドレッドにしようと思ってたのに」

「おまえを連れてきたのは大正解だったようだな」今度はわたしが目をぐるりとまわした。「いいか、デビー、中国人がぜったいにやっちゃいけないことのひとつが髪をドレッドにすることだぞ」

「And tattoo, right《刺青もでしょ》？」

「中国語」

「Why《なんで》？」デビーはため息をつき、「なんで胖妹伯母さんのかわりがあたしなの？」

「それはおまえがぼくの一人娘で、ママはもう死んでいて、ひとりぼっちでアメリカにおいておけないからだ」

「あたし、もう十五歳なのよ」

「それに暁爺爺はむかしから胖妹伯母さんがお気に入りで、おまえはその胖妹伯母さんの若いころに瓜ふたつだからだ」

デビーはふくれっ面をして見せたが、むかしモデルをしていたわたしの姉を尊敬しているので、内心まんざらでもないようだった。姉の本名は唐安妮《タンアンニィ》だけど、子供のころは胖妹《でぶ女》という渾名《あだな》で呼ばれていた。

「暁爺爺がいなきゃ、ぼくがアメリカへ渡ることもなかった」長い長い入国審査の行列にならびながら、わたしは娘に分別を説いた。「ぼくがアメリカへ渡らなければおまえのママと知り合うこともなかったし、おまえが生まれることもなかった。いいかい、デビー、中国人にとって大寿《ダーショウ》（老人の十歳ごとの誕生日）はけっしておろそかにしてはいけない大事な節目なんだ。おまえは暁爺爺に八十歳の誕生日をひとりぼっちで過ごせと言うのか？」

「Whatever《どうでもいいわ》」

彼女は現代っ子らしくイヤホンを耳に突っこむというやり方で、この話を打ち切った。

わたしたちは言葉少なく荷物を受け取り、税関を抜け、タクシーをひろい、桃園国際空港から台北市内へとむかった。タクシーのなかで、娘はしきりに Wi-Fi のつながりの悪さを呪い、空気の悪さをののしり、アメリカの友達とのメッセージのやりとりを気にしていた。

十月。

2

初秋の風が台湾に吹きはじめたころだった。

小南門を過ぎて延平南路に入ったところで、わたしたちはタクシーを降りた。

トランクからスーツケースを取り出し、走り去るタクシーを見送り、さあ、懐かしの暁叔父さんの家へとむかいかけたとき、通りの反対側でこちらをじいっと見ている車椅子の年寄りに気づいた。

「なに、あのじじい？」デビーが目をすがめた。「カリフォルニアの年寄りよりも陽に焼けてるじゃん」

「胖子《パンズ》おじさん！」わたしは手を高く挙げた。「ひさしぶりですね、唐哲明です」

「胖子《デブ》？」と、デビー。「あの人、そんなに太ってないけど」

「胖妹伯母さんもそうだけど、むかしはちょっと太っていたらみんなそう呼ばれていたんだよ」それから声を張った。「これは娘のデビーです」

「我就知道《そうだと思ったんだ》！　アメリカから帰ってきたのか、唐哲明？」

「ええ、着いたばかりです」

わたしは荷物を娘に預け、道路を渡ってかつてのお隣さんに近づいた。

そのむかし、オレンジ色のファイヤーバードを乗りまわして女をひっかけまくっていた胖子が、いまではフィリピン人のメイドに車椅子を押させて廣州街を徘徊している。

　時の流れのなんと速いことか！

「ご無沙汰してます、胖子おじさん」わたしは年寄りのしなびた手を取った。「暁叔父さんが八十になるんで、そのお祝いをしてやろうと思いましてね。一席設けようと思ってるので、胖子おじさんもぜひ来てくださいよ」

「立派な心掛けだ」うんうんうなずきながら、「おまえはむかしからいい子だったなあ。娘はあれか、ABC（アメリカン・ボーン・チャイニーズ）というやつか？」

「ええ、ABC（アメリカ生まれの中国人）です」

「中国語は話せるのか？」

「妻が厳しく教えたので、聞くぶんには問題ないのですが」

「ああ、そういや奥さんはたしか――」

「ええ」わたしは目を伏せた。「三年前に事故で」

「うん、老唐に聞いたよ。じゃあ、男手ひとつでたいへんだろ？」

「もう慣れましたよ」

　そう言いながら、わたしは胸を刺す小さな痛みを感じていた。

　慣れた？　わたしはいったいなにに慣れたというのか？　この三年間でわたしの手からすりぬけていった娘に？　それが子供の成長なんだと自分に言い聞かせながら？

母親を亡くしてから、デビーは目に見えてすさんでいった。わたしに隠れて煙草を喫うようになり、学校で同級生の子を殴って怪我をさせた。幸いにして訴訟はまぬがれたが、そのせいで娘は中学を転校することになった。

新学年がはじまってまだ間もないデビーを強引に台湾へ連れてきたのは、暁叔父さんの誕生日にかこつけて、彼女にいまの生活とすこし距離をおいてもらいたかったからだ。とどのつまり、悲しみというものは、その悲しみが生まれた場所にいちばん強くしみついているのだから。

「胖妹も帰ってきとるのか？」胖子が尋ねた。「まだモデルをしとるのか？」

「姉さんはもうとうに五十歳を過ぎましたよ」わたしは笑顔をつくり、「ぼくだって今年で五十になるんですから。いいえ、彼女はニューヨークで用事があって、今回はぼくと娘のふたりだけです。みなさんお変わりないですか？」

「葉《イエ》太太《さん》は膵臓がんで亡くなったよ」胖子がデビーに手をふると、デビーもおずおずとふりかえしてきた。「明泉《ミンチュエン》はメキシコに行ってしまって音沙汰もない。趙戦雄《ジャオジャンション》は相変わらず南門市場で野菜を売っとる。おまえはどうだ？　あっちで上手くやっとるのか？」

「ええ、なんとか」と、わたし。「いまは日本の自動車メーカーでデザインの仕事をしています」

「母さんは？」

「姉さんといっしょに暮らしています」

「それもこれも老唐のおかげだな」

「ええ」

「アメリカは景気がいいようだな？」

「どうかな、うちは本社が日本だから。でも、二〇二〇年の東京オリンピック［新型コロナウィルス禍のため実際に開催されたのは二〇二一年だった］に合わせて新しいラインナップを出しますよ」

「そのころには、わしはもう死んどるな」

「そんなこと言わないでくださいよ、胖子おじさん。いま野球を正式種目にするために王貞治ががんばってるんですから」

「まだ野球が好きなのか、唐哲明？　そう言えば、むかしはよくうちにテレビを観に来とったなあ」

「いまも観てますよ」

「今年の日本ハムは惜しかったな」

「ええ、日本シリーズには進出できませんでしたね」

「陽岱鋼《ヤンダイガン》はファイナルステージでホームランをかっ飛ばしたのになあ」

「今年の日本シリーズはホークス対タイガースですよ」

「陽岱鋼が出とらん試合には興味ないわ」

　多くの台湾人がそうであるように、わたしも海外で活躍する同胞の動向を注視する者である。日本ハムファイターズの陽岱鋼、その兄で元ソフトバンクホークスの陽耀勳《ヤンヤオシュン》、台湾人初のメジャーリーガー陳金鋒《チェンジンフェン》、かつてヤンキースで投げていた王建明《ワンヂェンミン》などなど。わたしたちは久闊を叙し、胖子の家でいっしょに日本シリーズを観る約束をしてから、ようやく解放されたのだった。

3

廣州街は、あたりまえだが、かつての面影をとうに失っていた。

再開発のせいで道路が押し広げられ、軒を連ねていた古き良き平屋はほとんど打ち壊されて鉄筋コンクリートのビルに建て替わっている。なにもなかった通りには〈魯肉飯〉や〈牛肉麵〉や〈Coffee Shop〉などの電飾看板がひしめき合い、むかしでは考えられなかったような髪型をした若者が楽しげに闊歩していた。わたしたちのころは男なら丸刈り、女ならおかっぱの時代だった。

「あのガソリンスタンドのところには、むかし百歳くらいのおばあさんがひとりでやってる雑貨屋があったんだ」わたしは指さした。「だれも店の名前なんか知らなくて、みんな阿婆《ババア》の店と呼んでいたよ。ぼくらはよく阿婆の店で水鴛鴦《スイユエンヤン》という爆竹を買って投げ合って遊んだ。不思議な爆竹でね、水のなかでもちゃんと爆発するんだ。火をつけてもすぐには爆発しないから、何秒か待ってから投げないと相手に投げかえされてしまう。よくタイミングを間違えて自爆したもんさ」

「暁爺爺のところは Wi-Fi がつながる?」

わたしとデビーはスーツケースをひっぱり、再開発の波から取り残された薄暗い路地に踏みこんだ。

そこにはわたしの記憶を喚起する空気がまだうっすらと残っていた。わたしの尻に咬みついた凶暴な犬を飼っていた家はもう跡形もなかったが、その家の庭先にあった柳の木はいまも風に吹かれて揺れている。いつも路地の先に停まっていた果物売りのトラックはもうないけれど、さわやかなグアバの香りがいまも漂っているような気がした。

そして路地のなかほどで籐の椅子に腰かけた暁叔父さんは、猫を膝に抱き、八十年間喫いつづけている煙草を今日も喫っているのだった。

わたしたちに気づくと、暁叔父さんはあたりまえのようにうなずき、「回来啦《おかえり》」と言った。猫が彼の膝から飛び降りてどこかへ行った。わたしもうなずきかえし、「回来了《ただいま》」と言った。まるでわたしが三十年前にアメリカへ移民などしておらず、それどころか十歳のまま年すらとっておらず、阿婆の店へちょっとお遣いに行っただけというふうだった。

「娘のデビーだよ、暁叔父さん」

デビーがちょこんと頭を下げ、叔父の名前を呼んで挨拶する。

すると暁叔父さんがおいでおいでした。デビーがわたしを見たので、わたしはうなずいてやった。彼女は肩をすくめ、それから暁叔父さんのところへ行った。

「おまえは智慧電話《ジーフイディエンフゥア》を持っとるか、デビー？」

娘が小首をかしげる。

「ほら、こんな電話だよ」

そう言って暁叔父さんがシャツのポケットから取り出したのは、白いスマートフォンだった。

「Really?《マジで》」デビーが素っ頓狂な声をあげた。「It's iPhone 6!」

「はあ？」暁叔父さんが目を白黒させた。「なんと言ったんだ、デビー？」

「ああ、ごめんなさい……iPhone なんか持ってるの、暁爺爺？　あたしのより新しいじゃん！」

「いまどきあたりまえだ。このへんの年寄りはみんな持っとるぞ」

「じゃあ、うちのなかで Wi-Fi が使えるのね？」

「あとでパスワードを教えよう。わしとＬＩＮＥをしてくれるかい？」

「Cool!」

「飛行機は疲れたろ？」

「ちょっとね」

「ゆっくり休むとええ」

「うん」

デビーは子供のころからわかりやすい子だった。喜怒哀楽がぜんぶ顔に出る。そんな彼女が初対面の暁叔父さんを早くも好きになりかけていることに、わたしはとりあえず胸を撫で下ろした。

短い沈黙のあとで、叔父が言った。

「お母さんのことは気の毒だったな、デビー」

「……………」

「だがな、お母さんはおまえが死ぬより、自分が死んだほうがずっとましだと思っとるはずだよ」デビーを穏やかに見つめながら、暁叔父さんは言葉を継いだ。「だから自分を責めるのはやめなさい。誰是誰非、天知就好《だれが正しくてだれが間違っているかは神のみぞ知るさ》」

デビーはぎゅっと口をつぐみ、所在なくたたずんでいた。悲しみの黒い翼が彼女の上ではばたくと、強い風が路地を吹きぬけた。

わたしたちの台湾での初日は、このようにしてはじまった。

4

宴会場は姉が幼馴染みの葉秋生《イエチヨウシエン》にたのんで押さえてもらっていたので、わたしがしなければならないことは、アメリカで用意しておいた招待状をご近所さんに配ってまわることだけだった。

デビーはよく猫たちと遊んだ。なかでも妹妹《メイメイ》という三毛猫とは気が合うらしく、スマートフォンでしょっちゅう写真を撮っていた。

いい傾向だった。

日本シリーズがはじまり、わたしは毎日のように胖子の家へ出かけていってケーブルテレビにかじりついた。

初戦こそ阪神タイガースが獲ったものの、二戦目、三戦目、四戦目とソフトバンクホークスが連取していた。解説者によればタイガース対ホークスによる頂上決戦はこれで三度目で、過去の二回ともホークスが日本シリーズを制しているとのことだった。

猫たちと遊ぶほか、デビーは台湾に馴染むでもなく、憎むでもなかった。わたしに強引に連れ出されないかぎり、一日中でも自分にあてがわれた小さな部屋に閉じこもって、スマートフォンの小さな画面をひょいひょい動かしてなにかを探していた。彼女にとってのスマートフォンとWi-Fiは、海賊にとってのラム酒と宝の地図のようなものだった。根気よくやっていけば、いずれ癒しや赦しが見つかると思っている。そんなものがインターネットで見つかるとは思えないのだが、それはわたしが一九六〇年代生まれのためだろう。わたしのような古い人間は、どうしたってインターネットに対して一抹の不信感を抱いてしまう。

しかしそれならば、つぎのことはどう説明すればよいのだろう？

日がな一日、玄関先にすわってほかの年寄りたちと茶を飲んだり、猫を撫でたり、煙草を喫ったりしている暁叔父さんが、ときどきデビーとＬＩＮＥで会話をしていたのだ。ＬＩＮＥの着信音が鳴るたびに、年寄りたちはいっせいに自分のスマートフォンをひっぱり出して画面をひょいひょい動かす。暁叔父さんとて例外ではない。叔父は三十年代の生まれだが、明らかにインターネットにいかなる偏見も抱いてはいなかった。

叔父は英語が、そして娘は中国語が不如意である。しかし、どちらもわたしにたすけを求めてこなかった。いったいどのようにしてコミュニケーションをとっているのだろう?

謎が解けたのは、ある日の夕暮れどきだった。

涼風に吹かれながら、わたしは叔父といっしょに玄関先にすわって壁や空や柳や移ろいゆく時代をぼんやり眺めていた。建設中のビルがやかましい音をたて、隣家の金木犀が芳しい花香を漂わせていた。叔父がデビーとのLINEのやりとりを見せてくれたのは、このときである。

ふたりはほとんど文字を使わずに、可愛らしいスタンプだけで会話をしていた。スタンプは日々〈早安《おはよう》〉にはじまり〈Sweet Dream《よい夢を》〉までのんびりつづいていた。デビーは妹妹の写真をたくさんアップしていた。〈OK!〉〈再見《さよなら》〉〈Good!〉——ときには動くスタンプなどもあったりして、それを見ていると、デビーがまるでなんの悩みもないただの十五歳に思えてくるのだった。

「デビーはいい子だな」煙草をぷかぷか吹かしながら、暁叔父さんが微笑《わら》った。「いつもちゃんと返事をくれるぞ」

「ええ、いい子ですよ」

「あの子は自分のせいで母親が殺されたと思っとる」

わたしは曖昧に目をそらした。家のなかから出てきた黒猫が壁の上にひょいと飛び上がり、わたしをじっと見つめた。

「あのとき、おまえは家におらんかったんだろ?」

「出張で街を離れていました」

「おまえも自分を責めるのはよせ」

わたしはびっくりして叔父を見つめた。

「もし自分が家におったら、だれも傷つかずにすんだんじゃないかと思っとるだろ」

「……」

「だがな、哲明」その声は深く、まるで子供になぜこんな簡単なことがわからんと言っているみたいだった。「どんなに守りたくても、どうしても守りきれんときがあるんだ」

三年前、妻は隣家の主人に撃ち殺された。

毎週のように派手なパーティを開き、深夜まで大騒ぎを繰り返しては隣近所の苦情をあつめている一家だった。何度警察を呼んでもいっこうにあらためず、それどころか我が家の前庭にまで酔漢たちがなだれこみ、夜どおし吼えていることもあった。一度など、我が家のプールに飛びこみさえした。

妻はすっかりおびえ、なるべく彼らと関わり合いにならないようにした。

が、デビーはちがった。わたしが出張で家を離れていた週末に、ついにその家に怒鳴りこんだ。かなり激しいののしり合いがあったと聞く。怒り心頭のデビーは、あいつらを訴えてやると息巻いて家に戻ってきた。十五分後、我が家のドアがノックされた。妻が応対に出ると、そこに拳銃を握りしめた隣家の主人が目を真っ赤にして立っていた。

わたしは顔を伏せ、気取られないように涙をぬぐった。

「おまえが自分自身を責めとるのが、あの子はまるで自分が責められとるように感じるのかもしれんな」

「……そうかもしれません」

「あの子をここへ置いていくのか？」

「電話でも話したけど、しばらく環境を変えてみてもいいんじゃないかと思っています。暁叔父さんには迷惑をかけるけど——」

「わしはかまわんよ」

「ありがとう、暁叔父さん」

「おまえもあの子もちっとも悪くないが、なかなかそうは割り切れんもんさ」膝の上に飛び上がってきた斑猫の喉をくすぐりながら、叔父はそう言った。「わしがそうだったからな」

わたしは待った。

暁叔父さんは父のことを話そうとしている。なんの根拠もないが、そんなふうに直感した。

一九六四年に日本で死んだ父のことを。

しかし、叔父の口からつづきが語られることはなかった。暁叔父さんはただ猫を撫でていた。青い目で静かにわたしを見つめる猫は、叔父のかわりになにか言いたそうにしていた。

5

暁叔父さんの八十大寿を翌日に控えた十月三十日、葉秋生と趙戦雄に車椅子を押させた胖子が麻雀をしにやってきた。年寄りの祝事に付き合って一局打つのは、どんなときでも礼儀にかなったことなのである。

葉秋生とのいちばんの思い出は、礫仙《こっくりさん》をいっしょにやったことだ。趙戦雄もたしかその場にいたと思う。材木置き場につどった小学生のわたしたちは手をつなぎ、息をつめて霊応盤《れいおうばん》の上の小皿を見つめていた。あのとき礫仙が来てくれたかどうかは覚えてないけれど、葉秋生が尻に大怪我をしたのはよく憶えている。姉とその仲間たちが馬鹿でかい声で私たちを脅かしたせいで、びっくり仰天した葉秋生は廃材から飛び出ていた釘の上に尻餅をついてしまったのだった。

そのときの話でひとしきり盛り上がってから、わたしは麻雀卓を整え、全員ぶんの茶を淹《い》れた。牌が混ぜられ、積み上げられ、賽子《サイコロ》がふられた。そしてわたしたち一家がアメリカへ移民したあとの彼らの人生が、乱れ飛ぶ「碰《ポン》」や「吃《チー》」や「自摸《ツモ》」、そして高笑いや恨み節の合間に語られた。

いまは台湾大学で日本語を教えている葉秋生がそのむかし、胖子の姪の毛毛《マオマオ》と付き合っていたというのは初耳だった。

「ほんの短いあいだだったがな」牌を引きながら、葉秋生が言った。「おれが兵役に行ってるあいだに、おたがいなにかが変わってしまったんだろうな」

「ぼくも経験があるよ」わたしは応じた。「ぼくのむかしの彼女も、ぼくが兵役に行ってるあいだにほかの男のものになったから」

「よくある話さ」と嘯《うそぶ》く趙戦雄は極道あがりで、むかし人を殺して刑務所に入っていた。「女ってのは甘い砂糖とおなじさ。ちょっとでも油断すりゃすぐほかの蟻にたかられちまうんだ」

「なあ、老唐」と、捨て牌をポンしながら胖子。「むかしはよくあんたに女を世話したなあ。おたがいもうこの歳だ。いまだから訊くが、あんた、哲明のお袋さんとはほんとうになにもなかったのかい？」

わたしは暁叔父さんを見た。

叔父さんはにこにこ笑うばかりで、なにも言わなかった。

わたしたちはそのまま麻雀をつづけた。昼の一時から打ちはじめ、気がつけば七時近くになっていた。

「おい、哲明」おもむろに胖子が言った。「そろそろはじまるんじゃないか？」

「ああ、そろそろですね」

「なんだ？」と、葉秋生。「なにがはじまるんだ？」

「日本のプロ野球だよ」わたしは冷めた茶をすすりながら答えた。「今日、ホークスが日本一になるかもしれないんだ」

「さてと」暁叔父さんが大きなのびをすると、妹妹がやってきて脚にまとわりついた。「麻雀はこれくらいにして、わしは植物園に散歩でも行くかな」

それでわたしは叔父がいまでも野球が好きではないのだと、約三十年ぶりに思い出すこととなった。

わたしは暁叔父さんを引き留めようとしたが、趙戦雄が鼻をひくひくさせて顔をしかめたのは、まさにこのときだった。

「なんだ、このにおい？」

言われてみれば、たしかに甘ったるいにおいがうっすらと感じられた。けっしてだれにも懐かない白猫が、奥の部屋を凝視している。

ぞっとして、思わず手にしたコップを取り落としてしまった。ガラスの砕け散る凶暴な音に、人間と猫たちがいっせいに色めき立った。

「どうしたんだ、哲明？」だれかの声がひどく遠かった。「大丈夫か、顔が真っ青だぞ」

激しい悪寒が背筋を駆け上がり、なんとかこの場を取り繕わねばならないと思ったが、頭のなかは真綿でも詰まっているかのように物事を考えることができなかった。どのみち、考える必要もなかった。わたしの頭がまともに動きだすまえに、趙戦雄が煙の正体を正しく言い当ててしまったのである。

「おいおい、こりゃ大麻のにおいじゃねえか？」

その声がわたしを蹴飛ばした。

スリッパと猫たちを蹴散らし、裸足でガラス片を踏みつけながら、わたしはデビーの部屋へ飛びこんだ。

薄暗い部屋のなかには、まるで怨霊のように白い煙がたなびいていた。窓枠に腰かけた娘の目は虚ろで、その指先には細い大麻がぶら下がっていた。彼女はわたしを見ても動じるどころか、それをゆっくりと口へ運んだ。

大麻の火口が赤く、長く燃えた。

「そんな……」声のふるえをどうしようもなかった。「アメリカから持ってきたのか？」

娘は返事のかわりに、濃厚な煙をふわっと吐き出した。

「わかってるのか……もし空港で見つかってたら――」

「Whatever《どうでもいい》」娘が言った。

あとのことはあまり憶えてない。

葉秋生と趙戦雄にふたりがかりでデビーから引きはがされるまで、わたしは泣きわめき、意味をなさない言葉を叫びながら彼女を打擲《ちょうちゃく》したそうだ。

6

足に鋭い痛みを覚え、ようやく我にかえった。

居間の唐物椅子にすわらされたわたしの足に、暁叔父さんが包帯を巻いている。しかし、なぜ自分の足に包帯が必要なのかは、見当もつかなかった。

猫たちがテレビの上から、テーブルの下から、食器棚から、椅子の肘載せからじっとこちらを見ている。その青い目、黄金色の目、灰色の目がわたしを落ち着かなくさせた。猫たちの目にはそのような不思議な力があった。

「割れたコップで足の裏を切ったぞ」包帯を結びながら、暁叔父さんが言った。「どうだ、落ち着いたか？」

わたしは自分を束ね、どうにかうなずいた。

すると、まわりのことがいっぺんに目に入った。

車椅子の胖子が麻雀卓のむこうで煙草を喫っている。葉秋生は柱によりかかり、心配そうにこちらを見ていた。趙戦雄がガラス片をちりとりに掃きあつめている。

あわててこうべをめぐらせるわたしに、暁叔父さんがたしなめるように言った。

「デビーは部屋におるよ」

わたしはいたたまれずに顔を伏せた。

「子供のすることじゃないか」叔父はわたしの隣に腰かけた。「どんなことがあっても、あんなふうに子供を殴っちゃいかんぞ」

「そりゃちがうぜ、唐爺爺」そう言ったのは趙戦雄だった。「下手をすれば、哲明の娘は刑務所行きだったんだ。哲明がテンパッちまうのも当然さ」

「おれたちだって殴られて育った」葉秋生がうなずく。「建前で殴っても、子供はなんとも思わないもんだよ。逆に親が本気で殴りゃ、それは子供にちゃんと伝わるんだ」

「你們懂個屁《おまえらになにがわかる》！」胖子が声を張った。「相手は女の子なんだぞ。女の子が悪さをするのは、かまってもらいたいからよ。あんなふうに殴ったら、デビーは心を閉ざしてしまうぞ」

「If you wanna dump me here, just do it《あたしをここに捨てたいなら、そうすればいいわ》」

わたしたちはいっせいにふりむいた。

いつの間にか、デビーがそこにいた。娘は居間と食堂の境に立ち、泣き腫らした目でわたしをにらみつけていた。

「Dump《捨てる》？」わたしは声を絞り出した。「なにを言ってるんだ、ぼくは——」

「ごまかさないで！」彼女はみんなにも聞いてもらおうと中国語に切り替えた。「パパが暁爺爺と話してるのを聞いちゃったんだから。あたしをここへ置いていきたいって言ってたくせに！」

「………」

「パパも暁爺爺も台湾も大っ嫌い！」

口を開く者はいなかった。

妹妹が音もなくやってくると、デビーはすがりつくように猫を抱き上げた。妹妹のほうはそれが気に入らないようで、体をよじって彼女の抱擁から逃れた。それが猫というものである。

重みを増してゆく沈黙を破ったのは、突然部屋に満ちた大歓声だった。

喇叭を吹き鳴らす音、太鼓をドンドン打ち鳴らす音、興奮した解説者の声——摂津もメッセンジャーも好調のようです、今日は投手戦になりそうですね——テレビの画面には、三回表の阪神タイガースの攻撃が映し出されていた。

突然テレビをつけた暁叔父さんの真意をはかりかねて、わたしたちはそわそわとおたがいに顔を見合わせた。デビーでさえ目を丸くしていた。平然としているのは猫たちだけだった。

「一九六四年といえば」リモコンを麻雀卓に置きながら、暁叔父さんが静かに言った。「なにがあった？」

「一九六四年？」趙戦雄は目をすがめ、「なにを言ってんだ、唐大爺？」

「ああ、一九六四年だ」叔父は頓着せずに繰り返した。「なにがあった？」

「おれとおまえは六歳だったな、秋生？」趙戦雄がそう言うと、葉秋生が言葉を継いだ。「あの年はたしかアメリカがベトナム戦争に介入したと思うが」

暁叔父さんがうなずいた。

「東京オリンピックの年だろ?」と、胖子。「東京オリンピックがあった年じゃないか?」

叔父はまたうなずき、無言でわたしに顔をふりむけた。その表情を見て、わたしはなにかが動きだす気配を感じ取った。固唾を呑むわたしを、デビーが気遣わしげに見守っていた。

「一九六四年は……」わたしの声はかすれていた。「父さんが死んだ年です」

「わしにとっての一九六四年は日本シリーズの年だよ」そう言って、叔父はテレビ画面にむかって顎をしゃくった。「あの年も阪神タイガースと南海ホークスが日本一を争っとった」

7

オリンピック景気を当て込んで、暁叔父さんとわたしの父は一九六二年に日本へ渡ったそうだ。ふたりは建築現場で働いた。仕事はキツかったが、実入りはよかった。アメリカがベトナム戦争に介入するまえで、台湾にいてもろくな仕事がなかったし、オリンピックへと突き進む東京はこれから花開こうとする蕾《つぼみ》のように活気に満ち溢れていた。

建築現場にはほかにも台湾人がいたが、その男と知り合ったのは父ではなく、暁叔父さんのほうだった。王勇昇《ワンヨンシェン》はほかの者より一段も二段も羽振りがよかった。ときどき飯場にあらわれては仕事をするでもなく、作業員たちと与太を飛ばし合ってはのらくらしていた。金のネックレスに金の指輪をはめていた。

体ひとつで生きる若者にはありがちなことだが、まだ二十歳そこそこだった叔父はこの男の気風に惚《ほ》れこんだ。

王勇昇も人懐こい叔父を「阿暁《アシャオ》、阿暁」と呼んで可愛がった。飯を食わせ、酒を奢り、女を買ってやった。再三再四わたしの父があんな胡散臭い男にはかかわるなと諌《いさ》めても、叔父は聞く耳を持たなかった。

　そして、父の不安は現実のものとなった。

日本のヤクザと関係のあった王勇昇は、スポーツ賭博をまかされていた。叔父が賭博にのめりこむようになるのに、それほど時間はかからなかった。

あとは言わずもがなだろう。あっという間に叔父は日本で二年間働いて貯めた金をすってしまった。それだけですめばよかったが、暁叔父さんは二年どころか、二十年働いても返せないほどの借金をこさえてしまった。

　十月十日の開会式が近づき、興奮と熱気が日本列島を包みこんでいた。未来には一点の曇りもなく、だれもが前途洋洋の日本に酔いしれていた。そんなきらきらまぶしい東京の、光すら射さない片隅で、王勇昇は静かに切り出した。

「明日はなんの日だ？」

「明日……」叔父は顔を伏せ、テーブルのコーヒーを見つめた。「十月十日、オリンピックの開会式だろ？」

小さな音でジャズがかかっていた。

窓から射しこむ糖蜜色の光のせいで、喫茶店のなかの闇はいっそう深まっていた。商店街の上には万国旗がはためき、浮かれ騒ぐ人々の声が叔父を取り巻く静寂を育てていた。灰皿から立ちのぼる煙草の紫煙が頭をしびれさせた。

「オリンピック？」王勇昇が鼻で笑った。「どいつもこいつも浮かれやがって……今日はなあ、日本シリーズの六戦目がある日だよ」

「………」

「今日ホークスが勝ちゃ明日が天王山だ」

本来は十月八日に行われるはずだった第六戦が雨で一日延びたのだった。そのせいで、もしこの日、つまり十月九日にホークスが首尾よく逆王手をかけることができれば、決勝戦はオリンピックの開会式当日に甲子園球場で戦われることになる。

「おなじ台湾人どうしだ、おまえにチャンスをやろう」

叔父はおずおずと目を上げた。

「今日の試合の賭けはもう間に合わねえ」煙草を口に運ぶ王勇昇の指には金色の指輪が光っていた。「もし今日ホークスが勝ったら、すぐ明日の試合に賭けろ」

「でも、おれにはもう金が――」

「兄貴がいるだろ？」

「だけど……」叔父はごくりと唾を呑んだ。「もし今日ホークスが負けたら?」

「そのときはタイガースが日本一になって、おまえは東京湾かどこかに沈む」

「……」

「逃げようなんて思うなよ」伝票を摑んで立ち上がるまえに王勇昇が言った。「おまえにそんな幸運はねえんだからよ」

その夜、東京では台風が接近して雨が落ちたが、大阪ではタイガースとホークスが第六戦を戦った。そして、ホークスのスタンカが快調なピッチングで完封勝利を収めた。九回にはスタンカ自身のタイムリーまで飛び出した。四対〇だった。

畳に額を押しつけて金を無心する暁叔父さんを、わたしの父はこっぴどく殴りつけたそうだ。考えつくありとあらゆる罵詈雑言で弟の不始末を呪った。

兄弟は一晩中怒鳴り合い、数時間仮眠をとった。ついに四畳一間のアパートを捨てて逃げ出したのは、翌日の昼前だった。父はつらい肉体労働で貯めた金をボストンバッグの底に敷き、その上に衣類をかぶせた。

昨夜の雨はあがり、ぬけるような秋晴れだった。

開会式当日とあって、そこかしこで交通規制が敷かれていた。いたるところに警察官が立ち、全国民が待ちわびた華々しい日にものものしい趣を加えていた。色づいた銀杏の葉から雨粒がきらきら輝きながら滴り落ち、彼らの警帽にあたってはじけた。

　兄弟は興奮した群衆をかき分けて、警察官のまえを努めて平然とよぎり、羽田空港往きの電車に飛び乗った。上着の内ポケットには緑色のパスポートが入っていた。電車のなかで小耳にはさんだところでは、警視庁はこの日のために一万人の警察官を動員して警備にあたっているとのことだった。

「大丈夫だ」兄は弟を慰めた。「兄弟で生きてりゃ、金なんかまたいくらでも貯められる」

　暁叔父さんは目をごしごしこすりながら、何度も何度もうなずいた。

　背中に硬いものを押しつけられたのは、羽田空港のエスカレーターに乗っているときだった。ふりむくと、そこにヤクザ者を引き連れた王勇昇がいた。赤いジャンパーの下から叔父をぐりぐり押しているのは拳銃にちがいなかった。

「これだけオマワリがうろちょろしてんだ、おまえたちがここで大声を出せばおれはまずいことになる。だが、おまえたちはもっとまずいことになる」

　カチリと撃鉄の起こされる音がした。

　兄弟は押し黙っていた。

「言ったろ?」王勇昇がにやりと笑った。「おまえにはそんな幸運は残ってねえって」

8

「わしらは車に乗せられてどこかへ連れていかれた」膝にのせた妹妹に話しかけているかのように、暁叔父さんはぽつりぽつりと語った。「どこかはわからん。東京のことはよく知らんからな。どこもかしこも渋滞しとったよ。近道すれば、商店街の電気屋のまえには黒山の人だかりだ。みんなテレビにかじりついとったよ。わしも兄貴もずっと黙っとった。それで陽が傾きかけたころ、車の窓から空に大きく描かれた五輪が見えた。ヤクザたちがどよめいた。あれは自衛隊の戦闘機がやっとるんだと言っとった。あの瞬間だけ、ヤクザどもも誇らしげだった。飛行機雲の五輪はいつまでも消えずに、空にぷかぷか浮かんどったよ」

　部屋のなかは静まりかえっていた。猫たちでさえじっとしていた。

「連れて行かれたのは、どこかのビルの地下室のようなところだった」叔父はつづけた。「そこで王勇昇が言った。『ひとりは残っておれのために働け。人質だ。もうひとりはどこかよそで働け。ふたりで働いて金をかえせ。心配するな、金をかえし終わったら自由にしてやる。だがそれまでは、おまえらはおれのもんだ。さあ、どっちが残る?』わしと兄貴は顔を見合わせた。わしは兄貴が、自分が残ると言いだすと思った。兄貴はほんとうにそう言ったよ。自分が残るからわしを放してやれとな。兄貴はそういう男だったんだ。しかし自分の不始末を兄貴に押しつけるわけにはいかん。わしも自分が残ると言い張った。兄貴には台湾に家庭があったしな。だが、兄貴は自分が残ると言って聞かんかった。わしらの押し問答を終わらせたのは王勇昇だった。やつはこう言った。『じゃあ、今夜の第七戦に決めてもらおうぜ。ホークスが勝ったら兄貴のほうが残る。で、タイガースが勝ったら、阿暁、おまえが残れ』」ひと呼吸つく。「結果は三対〇でホークスの勝ちじゃった」

「それで……」わたしは唾を呑み、言葉を押し出した。「それで父さんは……」

「わしにおまえたちのことを託して王勇昇のところに残ったよ」暁叔父さんは首をふり、「もちろんわしも日本に残ったが、一年ほどして突然兄貴と連絡が取れんようになった。しばらくして飯場の仲間からどうやら王勇昇が殺されたらしいという話を聞いた。わしは方々手を尽くして兄貴を捜したが、だめじゃった。王勇昇と関係があった日本のヤクザのところにも行ってみたが、殴られて歯を折っただけじゃった。わしは途方に暮れたが、とにかく兄貴との約束を守るために台湾に帰っておまえたちの面倒を見ようと思った。わしにできることはそれくらいしかなかったからな。いずれ兄貴がひょっこり帰ってくるかもしれんと思ったが、哲明、おまえの母さんには兄貴は死んだと嘘をついた。もしかすると、わしも心のどこかでは兄貴はもう死んどると思っとったのかもしれん。それでも待つことをやめられんかった。そうこうしとるうちに五十年が経ってしまった——デビーや」

娘が体を強張らせた。

「五十年だ」

「………」

「わしはいまのおまえの苛立ちを五十年間味わってきた」娘に語りかける暁叔父さんの表情はやわらかく、まわりの人たちが動揺してしまうほど穏やかだった。「だれにも胸の内を明かせずに五十年が過ぎた。おまえもわしのような五十年が欲しいのか？」

目に涙を溜めたデビーがかぶりをふる。

「だったら自分を許してやれ」

「そんな……」

「できるよ」

「………」

「ここにはおまえを大事に思っとる人たちがおって、その人たちはおまえのことをちっとも責めとりゃせんのだからな」

涙がデビーの頰を流れ落ちた。

彼女の肩に腕をまわすと、娘はわたしの胸にしがみついて泣いた。

デビーは声をあげて泣いた。

苦悩や後悔や悪夢に苛まれた夜を押し流す神の洪水はわたしのなかへも流れこみ、逆巻きながら涙となってほとばしった。

趙戦雄が胖子の車椅子を押して家を出ていく。葉秋生がふりむき、うなずいた。猫たちはわたしたちを祝福もしなければ、関心もないようだった。猫たちはいつだってありのままで世界の在り方を教えてくれるのだ。

「哲明」

娘を抱いたまま顔を上げる。

「おまえとは明日にでもちゃんと話そう」

「……はい」

暁叔父さんはうなずき、とぼとぼと寝室へひきとった。その背中がひどく小さく、淡く、いまにも透けてしまいそうだった。

「暁叔父さん」

叔父がふりむく。

わたしはなにかを言いたいわけではなかった。腕のなかのデビーの体は、不安や言葉を溶かすほど熱かった。

「なんでもない」どうにかそれだけ言った。「晩安《おやすみ》」

「ああ、おやすみ」

それが、暁叔父さんの最後の言葉だった。

その夜、彼はどんな夢を見たのだろう？　そこに父はいたのだろうか？　母や姉やわたしやデビーはいただろうか？　猫たちは？　五十年前の廣州街の街並み、よく吠える犬、グアバの香り、風にそよぐ柳の木——そして一九六四年十月十日の完璧な青空には、五輪の飛行機雲が浮かんでいただろうか？

9

姉に連絡をとり、デビーをニューヨーク往きの便に乗せてしまうと、わたしは高速バスの国光号で台北市内へとってかえした。

埃っぽい窓の外を、埃っぽい風景が流れてゆく。

建設中の高架鉄道は、捷運《メトロ》空港線のものだ。完成すれば市内から桃園国際空港まで電車一本で行けるようになる。アメリカと台湾を行き来するわたしたち家族が幾度となくお世話になった国光号も、これで乗り納めになるというわけだ。

沈みこむような疲労を感じながら、わたしはこの数日のことを思い起こした。

八十大寿の朝に、暁叔父さんはあっさりと逝《い》ってしまった。

わたしがいちばんに気がついた。ひっそりと薄暗い家のなかで、じいっと叔父の寝室を見つめている妹妹に。

デビーはまだ寝ているようだった。

わたしはドアをノックした。朝の七時をすこしまわっていた。毎朝五時には起き出し、玄関先に椅子を運び出して煙草を吸っている叔父なのに、返事はなかった。

ドアをそっと押し開けると、妹妹がにわかに色めき立った。わたしには見えないなにかを、目を真ん丸にして追った。寝室に閉じこめられていたなにかが解き放たれたかのように。

目を閉じ、バスの心地よい揺れに身をまかせる。

暁叔父さんを憎むことはできなかった。一九六四年のわたしはまだ幼すぎて、父がいないことを上手く悲しむことができなかった。わたしの関心事はもっぱら爆竹や駄菓子や野球にかぎられていた。そして二〇一四年のわたしは疲れすぎて、父がいなかったことを上手く思い出すことができない。わたしの関心事は廣州街の叔父の家のことや、葬儀のことや、位牌を納める寺のことや、猫たちのことや、そしてデビーのことだけだった。

わたしは叔父を憎むべきなのだろうか？　しかし自問自答すればするほど、憎しみは煙のように曖昧になっていく。それはさながら、新しい建物に占領された街のかつての姿を上手く思い出せないのと似ていた。

父が死んだのは暁叔父さんのせいかもしれないが、叔父は充分すぎるほど償ったではないか。その叔父に対して憎しみを掻き立てるのは、つまるところデビーに対して憎しみを掻き立てるのとおなじなのではないだろうか。浅いまどろみのなかでわたしはそんなふうに思った。この世でもっとも無意味なことは、憎しみを無理に引き留めておくことだ。

バスは走り、終点の台北駅に着く。

わたしは寝ぼけ眼《まなこ》をしばたたき、運転手に急かされながらあわててバスを降りた。携帯電話の着信音が鳴ったのは、駅前の大通りでタクシーをひろおうとしているときだった。

娘からＬＩＮＥが入っていた。〈I'm sorry, daddy〉日本のサムライが土下座をしているスタンプ付きだった。

飛行機のなかでこっそりスマートフォンをいじるデビーが見えた。わたしは返信した。

I Love You, Debby.

ハートだらけの伊達男のスタンプも付けてやった。

それからスマートフォンをポケットにしまい、タクシーをひろい、中華路をくだって廣州街へ帰った。

気がかりなことは尽きないが、とりあえず猫たちになにか食べさせなくてはならない。

1

ドン・ロドリゴと首なしお化け

ぼくがこれから話そうとしていることは、そもそものはじめからいくつかの出来事が奇妙なつながりを見せていた。

もちろん、奇妙なつながりを持つ物事の常で、なにもかもがすっかり片付くまで、ぼくはその奇妙なつながりというやつに気づきもしなかった。

介護士の仕事の裏で、マヌエル・ブランコが麻薬を売っていることは公然の秘密だった。けれど、どうせ小遣い稼ぎ程度のせこい商売だと誰もが思っていた。そう、中学生相手に怪しげな大麻草を売りつけている程度のものだと。

実際にマヌエル・ブランコがどの程度裏の世界に首を突っ込んでいたのか、いまとなってはもう誰にもわからない。でも、すこしばかり突っ込みすぎたのは間違いない。その細い首に縄をかけられて歩道橋からぶら下げられたマヌエルをテレビで観たとき、ぼくは真っ先にやつからもらった一枚の写真のことを思い出した。

その写真にはぼくとマヌエル、そしてドン・ロドリゴが写っている。撮ってくれたのは、ルーペ・カザレスだ。療養所のタマリンドの樹の下で、車椅子にすわったドン・ロドリゴの右側に介護服を着たぼくが立ち、左側にマヌエルが片膝をついてしゃがんでいる。

「じゃあ、撮るわよ。ねえ、ダビッド、もうちょっと笑ったら？」カメラをかまえたルーペ・カザレスが注文をつけた。「なにそれ、それで笑ってるつもり？」

奇妙なつながりのひとつめは、シャッターを押すときにルーペ・カザレスがちょっとした悪戯心《いたずらごころ》を起こしたことだ。後日、出来あがった写真を見て、マヌエルとドン・ロドリゴが笑った。「いい写真でしょ？」ルーペが得意げに言った。「半分しか笑わない人は半分だけ写ればいいのよ」

写真のなかのぼくは、顔の上半分が切れていた。まさにその写真の裏に謎めいたパスワードのようなものを書きつけて、マヌエル・ブランコはぼくに託したのだった。

「なにも訊《き》かないでくれ、ダビッド」とやつは笑いながら写真を押しつけてきた。「もしこいつの使い時が来たら、おまえにはわかるはずだ。そのときにどうするかはおまえにまかせるよ。なんなら破り捨てたっていいんだ」

次なる奇妙なつながりを担うのは、ドン・ロドリゴだ。

彼は身寄りのない老人で、自分のことを元殺し屋《シカリオ》だと思っていた。ぼくとマヌエルが勤めている療養所の入所者なのだけれど、ドン・ロドリゴの幻想をひと言で虚言癖と片付けてしまうには、彼の口から紡ぎ出される昔話にはいつも奇妙な説得力と教訓が含まれていた。

たとえば、若かりし日のドン・ロドリゴが誰かの喉をナイフで掻《か》き切ったときの話だ。そのときの情景をありありと描写してから――あれは雨に煙る倉庫街の片隅だった、わたしの標的は貨物船にもぐりこんで国を出ようとしていたんだ、その男は組織の……まあ、ここではミチョアカン州の組織とだけ言っておけばいいだろう、それだけ言えばもうわかるだろ？（かの悪名高き麻薬カルテル、ラ・ファミリア・ミチョアカーナのことだろうか）その男は組織の財政にかなりの痛手を負わせたんだ、わたしは二年も彼を追っていた、その夜は月が緑色に光っていてね、暗い海面には霧が立ち込めていて、灯台の光が緑色の水に滲《にじ》んでいるみたいに見えたよ、赤煉瓦の倉庫の壁には剥がれかけたペンキで〈13〉と書かれていた、光が差し込まないその十三番倉庫の暗がりでわたしは彼を背後から襲ったんだ、遠くで外国の船員たちの歌声が聞こえていたよ――ドン・ロドリゴは溜息《ためいき》をつき、そして首をふりながらこう締めくくるのだ。

「首を押さえた指のあいだからしたたる血を見たとき、あの男はやっと成長できたんだよ。血の海のなかで息絶えようとしていた彼に、わたしはこう言ったんだ。友よ、もう手遅れだと悟ることが成長するってことさ」

ドン・ロドリゴの話を聞いてざっと数えたかぎりでは、彼はすくなくとも六十六人を手にかけている。もし彼が本当に麻薬カルテルの殺し屋なら、納得できる数だ。でも、それを鵜呑《うの》みにすることは、もちろんできない。ここで暮らしている人たちの大半が、介護士のぼくたちに対してなんらかの嘘をつく。彼らは嘘をつくことに慣れすぎていて、むしろ真実のほうを嘘だと思いこんでいるくらいなのだ。

　虚言癖がある人はふつう、虚栄心か劣等感の塊だ。彼らは自分を大きく見せようとしたり、あるいは同じことではあるけど、自分の卑小さを隠そうとして嘘をつく。

　でも、ドン・ロドリゴはそんなんじゃない。

　ふさふさした白髪頭に白い顎鬚をたくわえ、大きな黒縁眼鏡をかけたドン・ロドリゴは、たいてい中庭のベンチのそばで本を読んでいる。彼はそこから見下ろすグアナフアトの街並みが好きで、いつも同じ場所に車椅子を停めさせる。車椅子のブレーキレバーをちゃんとかけたあと、ぼくはかたわらのベンチに腰掛けて、まるで日時計みたいに芝生の上をのろのろ動く人たちを眺めたり、タマリンドの樹から落ちてくる鞘《さや》入《い》りの実を拾っては投げ捨てたり、ぼんやりと空を眺めたりする。誰かが近くをとおりかかれば、ドン・ロドリゴは本から顔を上げてきちんと挨拶をする。やあ、ホセ、調子はどうだい？　ちょっと風が出てきたから、タリアはそろそろなかに戻ったほうがいいね。それから微笑を浮かべたまま、ひとつだけ銀の指輪をはめた手で眼下の風景を指さし、本の世界に戻っていくまえに決まってこう言うのだった。

「ほら、ドゥラン川のちょうど真ん中あたりに緑がたくさん繋っているところがあるだろ？　ここからじゃ樹に隠れてよく見えないけど、そこにコロニアルふうの小さなホテルがあってね、わたしはずっとそこで暮らしていたんだよ」

グアナフアトはどこもかしこもコロニアルふうの建物ばかりですよ。でも、ぼくはそう言わずに、お決まりのお追従を口にする。

「まさか凄腕《すごうで》の殺し屋がそんなところに住んでるなんて誰も思いませんよね、ドン・ロドリゴ」

「そのとおりだよ、ダビッド」

週に一度、ボランティアの人たちがヌエボからやって来ては入所者たちといっしょに歌ったり、お遊戯をしたりするのだが、そんなときでもドン・ロドリゴはいつも楽しそうに周りに合わせ、「どうしてなの？　教えて」や「ネズミのカウボーイ」なんかを大きな声で歌う。

ネズミ捕りにネズミがかかったよ
二丁拳銃を持って　カウボーイの服を着ているよ
こいつはグリンゴ《アメリカ人》にちがいない
だっていつも英語でしゃべるし　金髪だもの

ミュンヒハウゼン症候群の人は他人の同情を買おうとして仮病を使うのだけれど、ドン・ロドリゴに関して言えばそんな徴候もまったく見られない。

では、どうして彼がここにいるのかと言えば、統合失調症のせいだ。つまり妄想と現実の区別がつかなくなり、夜中に鋭利なものを持って徘徊したりする。だから、ドン・ロドリゴの部屋には他人を傷つけそうなものはいっさい置けない。果物ナイフはもちろん、コップは琺瑯《ほうろう》びきのものだし、ペンを使うときはぼくたちがちゃんと目を光らせている。彼が浴室でころんで脚をだめにするまでは、夜寝るときにも部屋の外から鍵をかけていた。

ぼくが来るずっとまえから、ドン・ロドリゴは高台にあるこの療養施設に入っている。資料を見ると入所日は二〇〇三年四月四日、つまりかれこれ二十年近くここに閉じ込められていることになる。

「閉じ込めちゃいないよ」と施設長のドン・ヘクトールは肩をすくめて言う。「ここにいる人たちは、みんな出ていきたいときに自由に出ていける。あの爺さんがここを出ていきたがらないだけさ」

ぼくは折に触れて、なぜ殺し屋を廃業したのかと面白半分に尋ねたりする。するとドン・ロドリゴはいつも首をふり、溜息をつきながら質問に質問で応じる。

「きみは呪いを信じるかね、ダビッド？」

そらおいでなすったぞ。だけどぼくは、まるではじめて聞く話のように興味を示してやる。

「呪いですか……さあ、でも、たぶん信じてはいないと思いますね」

「きみの故郷《くに》はどこかね？」

「隣りのハリスコ州ですよ」

これだってもう何十回も教えてやった。故郷は州都のグアダラハラだと教えてやると、ドン・ロドリゴはいつも大げさに目を見開き、大都会だな、と言う。それなら呪いを信じんのも無理はないな、と。それからぼくの手をやさしく叩き、秘密めかしてこうつづける。

「呪いはあるんだよ、お若いの《ホーベン》。たいていが悪いものだ。だがな、稀《まれ》に善い呪いもあるし、最初は悪くてもあとから善くなってくるものもあるんだよ」

「つまり？」

「まあ、待ちなさい。本には読み時があるし、タマリンドの実には食べ頃がある。人生の秘密にだって知り頃ってやつがあるんだよ」

それからまるで子供を追い払う母親のように、さあ、七面鳥がもう卵を産んだか見てきなさいと言って話を切り上げるのだった。

図らずもドン・ロドリゴの秘密に触れることができたのは、彼が長年暮らしていたという森のなかのホテルが人手に渡ることになったためである。

アメリカのとある酒造メーカーがそのホテルを買い取って、観光宿泊施設付きのテキーラ蒸留所をつくるのだというニュースを、ぼくとドン・ロドリゴはカフェテリアのテレビで観た。

ちょうど昼食の時間で、開け放たれたフレンチドアからはさわやかな二月の風が吹きこんでいた。芝生には陽光が燦々《さんさん》と降りそそいでいたが、高台にある療養施設のなかはひんやりとしていて、カフェテリアの天井ではシーリングファンが気怠《けだる》く回転していた。

ぼくは同僚たちとひとつのテーブルで食事をしていたのだけれど、ガチャンッと大きな音がしてふり向くと、ナイフとフォークを取り落としたドン・ロドリゴがテレビ画面を放心したように見つめていた。その音に驚いた数人が席を立って徘徊をはじめたので、我々スタッフは担当している入所者をなだめにかかった。

「どうしたんですか、ドン・ロドリゴ？」ぼくは車椅子の脇に片膝をついて、彼の背中をさすった。「大丈夫ですか？」

ぽっかりと開いた口から垂れた褐色のソースが、ドン・ロドリゴの白い顎鬚にこびりついている。もう一度呼びかけると、彼はまるでたったいま午睡から覚めたばかりみたいに目をしばたたき、口をもごもごと動かした。

「ああ……大丈夫だよ、ダビッド。なんでもないんだ」

「どうしたんですか、ドン・ロドリゴ？」

ぼくの問いかけにドン・ロドリゴが答えてくれたのは、それからひと月後のことだった。

そのひと月のあいだ、ドン・ロドリゴはまるで上の空だった。昼間はいつものタマリンドの樹の下でぼんやりと物思いに耽《ふけ》り、誰かがとおりかかっても声をかけるどころか、気がつきもしなかった。そうかと思えばいきなり癇癪《かんしゃく》を炸裂させて、ヌエボからやって来るボランティアの人たちに向かって、わたしを子供扱いするな、その気になればいつまでも指一本で貴様の息の根を止めることができるんだぞとどやしつけた。

そして、夜になると悪夢にうなされた。ぼくの夜間巡回のときにも、ドン・ロドリゴの部屋から何度か苦しげな声が聞こえた。そっとドアを押し開けると、ドン・ロドリゴはベッドの上で魚みたいにのたうちまわっていたり、目をぎゅっとつむったまま手で宙を掻いたりしていた。ルーペ・カザレスがたしかにこの目で見たと誓って言うことには、深更《しんこう》に怪しげな声がしてドアを開けたところ、脚の不自由なドン・ロドリゴが窓辺に跪《ひざまず》き、ロザリオを握りしめて一心不乱に祈っていたそうだ。

「ほんとよ」とルーペ・カザレスはほとんど喧嘩腰で言った。「ポル・パボル・ポルテーゲ《お守りください》、ファンタズマ・シン・カベザ、ポル・パボル・ポルテーゲ……あたしの聞き間違いじゃなければそんなことをぶつぶつ言ってた」

「首なしお化け《ファンタズマ・シン・カベザ》？」ぼくは目をすがめた。「本当にそんなことを言ってたのかい？」ぜったいに誰かが「ううう」と唸《うな》ってお化けの真似をすると思っていたら、マヌエル・ブランコがそうした。

ほかの同僚たちが笑った。

「あんた、あたしが嘘をついてるっていうわけ？」ルーペが刺青《いれずみ》だらけの腕でマヌエルの胸を押した。「気をつけないと、あんたが首なしお化けになっちゃうわよ」

「なに言ってんだよ？」マヌエルが降参のポーズを取った。「なんでおれが？」

「調子に乗ってると、そのうち殺し屋が来るわよ」今度はルーペが恐ろしげな声を出す番だった。

「みんな知ってんだからね、あんたがこっそりアメリカ人にヤクを売ってるってこと」

びっくり仰天したマヌエルが目をめぐらせると、居合わせた同僚たちがうなずいたり、頭をぽりぽり掻いたり、目をそらしたりした。

「おい、本当かダビッド？　そうなのか？」

ぼくにできるのは肩をすくめることだけだった。

「案外、その首なしお化けってのは、むかしドン・ロドリゴが殺したやつかもね」ルーペが笑いながらぼくの肩を揺さぶった。「そのうち霊媒師を呼んでくれってたのまれるんじゃない、ダビッド？　あのお爺さんの言うことを信じてんのはあんただけなんだからさ」

ルーペ・カザレスがこのときに何気なく口にしたことは、結果的にひとつが当たって、ひとつが外れる。

ドン・ロドリゴはぼくに霊媒師を呼んでほしいなんてたのまなかった。彼がぼくの目をまっすぐに見つめてたのんできたのは、ホテル・ランゴスタへ連れていってほしいということだった。

「わたしはこの脚だ」車椅子の上のドン・ロドリゴは自分の脚を力なく叩いた。「もしきみが同行できないなら、車を手配してもらえないか」

それはイエス・キリストの復活を祝う聖週間《セマナ・サンタ》の翌日、つまり三月の終わりごろのことで、午後になっても療養所のカフェテリアにはまだ前夜の乱痴気騒ぎの跡が手つかずで残っていた。壁の飾りつけ、テーブルに散らばった食べ残しや飲み残し、床に散乱した紙吹雪、天井の片隅につっかえている風船なんかを、ぼくたちは青白い顔でのろのろと片付けてまわっていた。何人かは酒の飲み過ぎのため、何人かはマヌエル・ブランコが提供したコカインの効力が切れたために、生ける屍《しかばね》のようになっていた。

けっきょく建物の清掃は夕方までかかり、薄暗い階段をのぼってぼくが施設長を訪ねたときにはもう陽がとっぷり暮れていた。

執務室のドアをノックし、入室の許可をもらってなかへ入ると、ドン・ヘクトールはソファにだらしなくすわって迎え酒のテキーラをちびちびやっているところだった。二日酔いのせいで顔は土気色、目はウサギみたいに赤く充血している。ビバリーヒルズの芝生みたいにきちんと刈りこまれた口髭だけが、かろうじて彼の威厳を保っていた。

「ドン・ロドリゴの外出申請をしに来ました」

ドン・ヘクトールは無言で酒の入ったグラスを見つめていた。ぼくは所在無くたたずみ、執務室を眺めまわした。オーク材の書架には革張りの本がぎっしり詰まっていて、執務机の上のテーブルランプが飴色《あめいろ》の光に包まれている。ドン・ヘクトールが沈んでいるソファのうしろには大きな絵がかけられていて、大農園《アシエンダ》の農園主のような男が描かれていた。

「じつはドン・ロドリゴが住んでいたホテルが――」

「ドン・ロドリゴはそのホテルに長く暮らしていたそうだね。誰でも自分の育った家がなくなるのは悲しいものだからな」

ぼくはうなずいた。

「それで、ドン・ロドリゴはぼくにも一緒に来てほしいと」

「行ってきなさい。ひとりきりの魂は歌いも泣きもしないと言うしな。きみがいっしょに行ってやれば、年寄りの慰めになるだろう」

「じゃあ、ぼくも休暇申請を出したほうがいいですか？」

ドン・ヘクトールは、そんなことを訊くなんておまえは本当にメキシコ人かという顔で溜息をつき、まるで蠅でも追い払うように手をふった。

ぼくは礼を言って、彼の執務室を退出した。

宿泊の予約と、ルーペ・カザレスの車を借りる段取りに二日ほど要した。

ぼくたちがホテル・ランゴスタへ出かけていったのは薄曇りの水曜日で、リネンシャツを一枚羽織っただけの素肌に西風が心地よい朝だった。

ちょうど花期を迎えていたハカランダの樹々に埋もれるようにして、ホテル・ランゴスタはひっそりと建っていた。

外観は副王時代の城塞みたいで、頭ひとつ飛び出た塔が居館を見下ろしている。外壁はまるで中国の満月のような鮮やかな黄色で、それがハカランダの薄紫色の花と美しいコントラストをなしていた。

「ハカランダは日本のサクラと似ているそうだ」ようやく古巣に到着したせいか、ドン・ロドリゴの目は興奮に輝いていた。「このホテルのオーナーのドン・カマモトは日系なんだよ」

「なぜそのドン・カマモトは自分のホテルにランゴスタ《イナゴ》なんて名前をつけたんですかね？」

そんなことは尋ねてみようと思ったこともない、というのがぼくの質問に対するドン・ロドリゴの返事だった。

車椅子に乗ったドン・ロドリゴを押してホテルに入ると、小ぢんまりとしたフロントデスクと、ロビーに吊り下げられた巨大なシャンデリアが目を惹《ひ》いた。目を凝らしてよくよく見てみると、シャンデリアにはクリスタルガラスでこしらえた小さなバッタがたくさん飛んだり跳ねたりしている。フロントデスクに人がいなかったので、ベルを鳴らしてしばらく待っていると、恐ろしく肥《ふと》った女性が奥から出てきた。

「ルイーザ！」ドン・ロドリゴが声を張り上げた。「まだここで働いていたのか、ルイーザ？」

「……ロドリゴ？」ルイーザと呼ばれた肥った女性が目を白黒させた。「ほんとにロドリゴ・エスパダスなの？」

感に堪えないといったふうに、ドン・ロドリゴが両手を広げた。「正真正銘のロドリゴに、唯一無二のエスパダスさ」

「ロドリゴ！」ルイーザは叫び、この再会を神様に感謝するかのように両手を組み合わせ、ドン・

ロドリゴに抱きついて両の頬にたっぷりとキスを浴びせた。「ああ、ロドリゴ、ロドリゴ！　なんとまあ、こんなに老いぼれちまって！」

「きみは相変わらず素敵だよ、ルイーザ」

　ふたりは首をふりながら、まるで過ぎ去った時間の長さを見定めようとするかのように、おたがいを頭のてっぺんから爪先まで眺めまわした。

「ほかの人たちは？」ドン・ロドリゴがおずおずと切り出す。まるで死人について尋ねているみたいだった。

「ニュースを見たんだろ？」

「ああ」

「もうみんないないよ」ルイーザが溜息を漏らした。「ここも人手に渡っちまって、営業は今月いっぱいさ。まあ、泊まり客なんてもうめったに来ないけどね。建物も古くなっちまったし、あのころの人たちも櫛《くし》の歯が欠けるみたいにひとり消え、ふたり消え……あんたが知ってるので残ってるのはあたしくらいのもんさ」

「ドン・カマモトはどうしてる？」

「三年前に死んじまったよ。彼の息子たちがみんなアメリカにいるのは知ってるだろ？　で、家族で話し合ってここを処分することに決めたのさ」

「おたがいに、あんなに働いたのに老後は裸同然というやつだな」ルイーザの視線に気づき、ドン・ロドリゴは気を取り直してぼくを彼女に紹介した。「ダビッドだ。いまわたしが身を寄せている施設の若者だよ」

ぼくたちは握手をした。

「あんたが予約の電話をしてきた人だね？」

「はい」ぼくは中庭を取り囲む客室に目をやった。素焼きの煉瓦で縁取りされた芝生の真ん中に、小さな噴水があった。「今日はほかの宿泊客はいないんですか？」

「ほかの客どころか、あんたたちが来るんじゃなかったら、あたしだっていなかったよ」ルイーザは豪快に笑いながら巨体をフロントデスクのなかに押しこみ、部屋の鍵をぼくとドン・ロドリゴにひとつずつ手渡してくれた。「ロドリゴはきっとむかしの部屋だね？　ダビッド、あんたはこのホテルでいちばん立派な部屋に泊めてあげるよ」

ふと思い立って、彼女にホテル名の由来を訊いてみた。

「なんでも日本にいるときによく食べていたそうだよ」とルイーザが教えてくれた。「そんな貧しいころの記憶を、ドン・カマモトはバネにしたかったんじゃないのかねえ」

もう一度シャンデリアを見上げる。バッタかと思っていたけれど、なるほど、これはイナゴだったのか。

ぼくとドン・ロドリゴはホテル・ランゴスタで二晩ほどを過ごした。

ドン・ロドリゴの世話はほとんどルイーザがやってくれたので、ぼくにとっては降って湧いたようなのんびりした二日間だった。

　あてがわれたのは古めかしいけれど文句なく立派な続き部屋で、広々としたリビングには大きなテレビとソファ、壁には色褪《いろあ》せたホテル・ランゴスタの古い写真が数枚かかっていた。そのうちの一枚はメキシコ革命のときのものらしく、ソンブレロをかぶり、弾帯を体に巻きつけた男たちがホテルのまえで写っていた。寝室がふたつとバスルームがふたつ、それにウォークイン・クローゼットまであった。清潔に整えられたベッドの上には、英語で〈WELCOME〉と書かれたカードと真っ赤なリンゴがひとつ置かれていた。

　ぼくはソファに腰を下ろし、大きなフレンチ窓からハカランダの林を見渡した。手持ち無沙汰になってテレビをつけてみたけれど、なんだかもったいないような気がして、すぐに消してしまった。

　夜は死のように静かで、たったひとりで巨大な棺桶に入れられたような寄る辺のなさを感じた。林をざわめかせる風の音は、まるで天に召されるときに聴こえてくるレナード・コーエンの低い歌声みたいだった。

　朝目覚めると、サンダル履きのまま中庭をまわりこんで食堂へ行く。するとテーブルの上にはトルティーヤに半熟の目玉焼きをのせたウエボス・ランチェロスが待っている。

　すっかり冷めているし、蠅がたかっていたりもするけれど、文句は言えない。ぼくがなにか言うまえに、ルイーザがこう叫ぶからだ。

「熱々が食べたかったら、あと二時間早起きするんだね！」

朝食を食べてしまうと、もうなにもやることがない。手つかずの真新しい一日が行く手に待ち受けているだけだ。ぼくは部屋へ戻って本を読んだり、散歩をしたりする。

背中にうっすらと汗をかきながら歩いていると、かつてこのホテルに宿泊した人たちがなぜこんなになにもないところへ泊まりに来ていたのか、すこしだけ理解できるような気がした。アメリカの酒造メーカーはこのホテルを買い取ったのではなく、もはや新しいメキシコ人にとって無価値となった古いメキシコの時間を買ったのだ。やがて貧しいメキシコ人がお金持ちになれば、彼らだって古い時間の価値に気づくだろう。だけどそのころには、メキシコの古い時間はもうあらかた外国人に買い漁《あさ》られているにちがいない。

ホテル・ランゴスタの周りにはイナゴどころかなにもなく、眺めていて楽しいのはハカランダの木立ちに遊ぶ鳥やリスたちくらいのものだった。ピピラの丘やイダルゴ市場といった観光地からはすこし離れているので、外国人の姿を目にすることもない。いちばん近い町までは車で四十分もかかり、その町にしたところで雑貨屋と食堂が一軒ずつあるだけだった。

一度、ルイーザにたのまれてその雑貨店にプルケ（竜舌蘭《りゅうぜつらん》を発酵させて造る濁り酒）を買いに行ったことがある。

「飲むでしょ、ロドリゴ？」彼女は車椅子の背後からドン・ロドリゴの肩を撫《な》でた。「ドニャ・パウリナはもう百歳だから、明日にでももう飲めなくなるかもしれないよ」

「ドニャ・パウリナか！　いつまでも生きられるように働き、いつ死んでもいいように生きなさいが口癖だったな。ああ、古き良き我がドニャ・パウリナ……もちろん飲むとも！」

店の老婆がポリバケツから汲《く》んでくれた自家製のプルケは、ほんのりと甘酸っぱい香りが漂った。老いぼれのロバが一頭いて、店の脇で石臼をゴロゴロ挽《ひ》いていた。ドニャ・パウリナはぼくの車を見て、けっして酒を飲みながら運転してはいけないと注意してくれた。ぼくが曖昧に微笑《ほほほほ》むと、小さいけれど力強い手で腕を掴《つか》まれた。そして彼女を知る者には有名なあのセリフを口にした。

「いいかい、お若いの。いつまでも生きられるように働いて、いつ死んでもいいように生きなさい。人生の秘訣《ひけつ》はそれだけだからね」

ぼくが見たところ、ドニャ・パウリナはあと十年くらいプルケを造るのになんの問題もなさそうだった。

ドン・ロドリゴはすっかり落ち着きを取り戻していた。まるで長い旅路をたどってようやく母親の葬式に間に合った放蕩《ほうとう》息子のように、ホテル・ランゴスタの命運を嘆きつつも、やれるだけのことはやったという諦めと、そして満足感のようなものが見て取れた。ルイーザはそんなドン・ロドリゴにずっと寄り添っていた。見ようによっては、ふたりは古い恋人どうしみたいだった。

陽が落ちると、ルイーザが屋外の囲炉裏《ファイアープレイス》に火を熾《おこ》す。食堂のフレンチドアからウッドデッキへ出ると、ホテルの敷地内にある装飾用の竜舌蘭畑が見渡せた。畑のすこし手前で赤々と燃える炎を、籐で編んだソファが心地よく取り囲んでいる。ぼくとドン・ロドリゴはそこにすわり、暮色迫る空を眺めながら、囲炉裏の網にならべられたステーキが焼けるのを行儀よく待った。ドン・ロドリゴはルイーザにもいっしょに食べていくようにとすすめたが、彼女は首を横にふるばかりだった。

あたしはただの使用人、とルイーザはステーキの焼け具合を見ながら言った。「もう何十年も自分が何者か忘れたことはなかったんだから、ここにきてあたしを惑わせないでちょうだい」

そんなわけで、夕食はぼくとドン・ロドリゴのふたりきりだ。まるで大きな河みたいにゆったり流れる夜のなかで、ぼくたちは言葉少なに肉の焼け具合を褒め、躍る焔《ほむら》のなかに過去を浮かび上がらせたり、炎から連想されるミゲル・イダルゴの絵について話し合ったり、満天の星を見上げては感嘆の声をあげたりした。食事のあとはルイーザが飲み物の注文を取りに来る。ドン・ロドリゴがたのむのは基本的にコーヒーだけど、夜が更けてくるとぼくといっしょにすこしだけカクテルを飲むこともあった。ルイーザのつくるマルガリータはとてもおいしかった。

ドン・ロドリゴが彼にまつわる呪いを問わず語りにはじめたのは、二日目の夕食後のことだった。ルイーザが出してくれたポジョデモーレ（鶏のチョコレート煮込み）をたらふく食べたぼくたちは、パチパチと火の粉を飛ばす囲炉裏の火をぼんやりと眺めていた。

「きみは呪いを信じるかね、ダビッド？」

「呪いですか……」ぼくはいつものルーティンを淡々とこなした。「よくわかりませんけど……でも、たぶん信じてないんじゃないかな」

「故郷はどこかね？」

「グアダラハラのチャパラ湖のそばです」

「グアダラハラは大都会だな」

「なにもないところでしたけど」

「タパティオ《グアダラハラっ子》は信じようとせんかもしれんが、呪いはあるんだよ」ドン・ロドリゴは火影に照り映えた顔をぼくにふり向けた。「たいていが邪悪なものだ。それは否定せん。しかし善い呪いというのはたしかにあるし、はじめは邪悪だと思っていても、あとから善い呪いだったと気づくものもあるんだ」

　今夜はいつもと雲行きがちがうぞと思いながら、ぼくは水を向けてみた。「つまり、どういうことですか？」

　ふたたび口を開くまえに、ドン・ロドリゴはしばらく火を見つめていた。

　ぼくは待った。どこかで夜の鳥が啼《な》いた。建物のほうから吹いてくる微風に、ルイーザの歌声がかすかに紛れこんでいる。あと十分もすれば、彼女が食後の飲み物の注文を聞きにくるだろう。そうなったら、せっかくの話の腰を折られてしまうかもしれない。

　だけど、まあ、それならそれで仕方がない。ドン・ロドリゴの言うように、本には読み時があり、タマリンドの実には食べ頃があり、人生の秘密にも知り時がある。その知り時ってやつが今夜じゃないのなら、ぼくにはどうすることもできない。

「あれはわたしがまだ殺しを生業《なりわい》にしとったころのことだ。わたしが手にかけたのはたいていが自業自得の悪党ばかりだった。組織に損失をあたえた者、縄張りを侵した者、掟《おきて》を破った者……だが、ときにはそうじゃない男もいたんだ」

　こんな具合に、ドン・ロドリゴは首なしお化けの話を切り出したのだった。その男は貧しい人たちをアメリカへ逃がす手伝いをしていた——

　ハビエル・オチョアという名前で、いわゆる渡し屋《コヨーテ》だった。コヨーテの連中なんかどいつもこいつも信用ならんが、ハビエル・オチョアはほかのコヨーテよりはいくぶんましだった。すくなくともやつは、不法移民を砂漠に放り出してあとは知らんぷりという男じゃなかった。ちゃんとアメリカ側と連絡を取り合って、国境越えをどうにか成功させようとはしとったんだ。

　じつのところ、このオチョアのことはどうでもいいんだ。どんな悪人にも一分の良心はあるもんだし、どんな善人だってきれい事ばかり言っとられんときもある。オチョアだって叩けば埃《ほこり》の出る身だった。誰かがやつのことを気に入らなかった。けっきょく、それだけの話なんだ。

　問題はこの男を始末したあと、わたしに呪いがかかってしまったことだ。オチョアの無念がわたしに取り憑《つ》いたのかもしれんが、しかしそれを言うなら、わたしに殺された者はみんな無念だったはずじゃないか？　なぜほかの者を殺したときに呪われずに、このハビエル・オチョアを殺したあとで呪われてしまったのか……わたしは必死で考えたが、そもそもいったい誰に呪いを理路整然と理解することができる？

　わたしにわかっているのは、ハビエル・オチョアを殺した直後から、首なしお化け《ファンタズマ・シン・カベザ》の夢を見るようになったことだけだ。オチョアの首を切り落としたせいかとも思った。じつは人の首を切ったのは、あのときがはじめてだったんだ。もちろん、わたしにそんな残酷な趣味はない。人を殺すにしても、苦しみを長びかせるようなやり方には虫唾《むしず》が走る。まあ、長くこの商売をやっていれば、そんなことは言っとられんこともあるがね。依頼人の要望だったんだよ。オチョアの生首を誰かの墓前に供えたいと言っとった。

しかしそれならば、夜な夜なわたしの夢に出てくる首なしお化けの正体はハビエル・オチョアのはずじゃないか？　いくら首がなくたって、オチョアだとわかるはずだろ？　だけど、その首なしお化けは断じてオチョアじゃないんだ。なぜかって？　かっこうだよ。わたしの夢に出てくるやつは、カーキ色の軍服を着とるんだ。革命のときの、ポルフィリオ・ディアスの兵隊のようなかっこうをしとるんだよ。

「じつは」ドン・ロドリゴが声を落とした。「ここはむかし戦場になったことがあるんだ」

「ここって……」ぼくは地面を指さした。「このホテル・ランゴスタという意味ですか？」

「まさにいま我々がすわっているこの場所さ」

囲炉裏の火がパチッとはじけて、火の粉が暗闇に吸い込まれていった。

「革命のころ、このホテルは国軍に接収されとった。パンチョ・ビリャに攻められてもびくともせんかったが、もちろん誰も無傷というわけにはいかんさ」

言葉を切ったドン・ロドリゴの双眸《そうぼう》には、揺らめく炎が映っていた。

ぼくは彼がふたたび口を開くのを待った。メキシコ革命のとき、グアナフアトでも激しい戦闘が行われたというのは本当だ。国軍のアルバロ・オブレゴンは、馬を駆って突進して来るしか能がないパンチョ・ビリャ軍を機関銃で撃って、撃って、撃ちまくって負かした。

つまり、とぼくは考えた。ドン・ロドリゴの夢に出てくる首なしお化けというのは、勝ち戦のさなかで敵に捕まって首を刎《は》ねられた哀れな国軍兵士だったのだろうか。

ドン・ロドリゴはかなり長いあいだ、無言で火を見つめていた。話の運び方を考えているようにも、なにも考えていないようにも、途方に暮れているようにも見えた。

ルイーザがやってきて、飲み物の注文を取っていった。そのとき彼女と交わした他愛ない世間話が、ドン・ロドリゴの気鬱をいくぶん晴らしたようだった。ふたたび口を開いたとき、ドン・ロドリゴはすっかり愁眉を開いていた。

「わたしが言いたいのは、ハビエル・オチョアを最後に、わたしはすっぱりと殺し屋稼業から足を洗ったということなんだ」

オチョアと首なしお化けのあいだにどんな関係があるのかはわからない、とドン・ロドリゴは言葉を継いだ。たまたまオチョアを殺したタイミングで、わたしの業《ごう》のようなものが地獄の扉を開りてしまったのかもしれん。首なしお化けがじつはオチョアの身内だったということだって考えられる。いずれにせよ、首なしお化けの夢はなにかのメッセージにちがいないとわたしは思ったんだ。

無論、最初はそんなふうには思わなかったさ。あのころわたしはまだ四十をいくつか過ぎたばかりで、まさに脂の乗った男盛りだった。組織からは信頼されていたし、金だってうなるほど持っていた。女なんて、よりどりみどりだったよ。しかし、いざ仕事をやろうとすると、なにかがすこしずつズレているような感覚を抱くようになった。仕事にとりかかるまえには、かならず首なしお化けの夢を見た。それがいつもひどい悪夢なんだ。目が覚めてもはっきり憶《おぼ》えていて、その日一日の行動に影響が出るくらいの不安を感じた。わかるかい、ダビッド？

「わかりますよ」とぼくは答えた。「夢のお告げに従わないと、ひどいことが起こりそうな予感がするときがあります」

「しかり！」ドン・ロドリゴがはたと膝を打った。「まさにそんな感覚だ」

たとえば、西へ行くのは鬼門という夢を見たとしよう。西のほうには首なしお化けが待っとって、ありとあらゆる悪だくみでわたしを破滅させようとしている。汗びっしょりになって目を覚ましたわたしは、今日は西へ向かうのはよそうと思う。今日だけは、なにがなんでもおことわりだ。しかしそんなときにかぎって、わたしが殺さねばならない相手は西のほうにいて、わたしがもたもたしている隙に逃げてしまうんだ。

たとえば、夢に犬が出てきたとする。ひどく痩せた、疥癬《かいせん》病《や》みの汚い犬だ。犬はなにかもらおうと、わたしについてまわる。わたしはうんざりして、その犬を蹴りつける。すると犬の頭がぽろっと落ちて、そこから首なしお化けが這《は》い出してくる。そんな夢を見た翌日には、誰もが世界中の犬に対してやさしくふるまうだろう？　わたしだってそうだ。いまにも標的が現れるかもしれないというときに、みすぼらしい犬が尻尾をふりながら近づいてくる。すると、わたしはもう気が気じゃないんだ。蹴飛ばして追っ払うなんて論外だ。かといって、犬にまとわりつかれていたら標的に気づかれちまう。わたしは苛立《いらだ》って、犬をなだめすかす。ポケットのなかをひっくり返して、なにも持ってないことを教えてやる。ほら、わんこ、なにも持ってないんだよ、嘘じゃないだろ？　するとうしろからいきなり頭をガツンと殴られて、気がついたときには何カ月も追ってきた標的はまた雲隠れさ。

首なしお化けとサシで酒を飲む夢も見たことがある。首がないのにどうやって酒を飲むんだろうと不思議に思っていると、首なしお化けは両手でわたしの頭を引っこ抜いて、自分の首にはめるんだ。やつはそうやって、わたしの口を借りて酒を飲むのさ。それからまた頭を引っこ抜いて、わたしに返して寄こす。今度はわたしが自分の頭を首にはめて酒を飲む。何度かそんなことをしているうちに、わたしは自分が誰なのかわからなくなってくる。ひょっとすると、首なしお化けがわたしで、わたしが首なしお化けなのか？　わたしたちは酒を飲んでいて、酒瓶のなかにちっぽけないも虫《グサーノ》が沈んでいる……」明察だよ、ダビッド。翌日の仕事の打ち合わせで、夢のなかとまったく同じ酒が出されたんだ。オアハカ州のちょっと珍しい蒸留酒《メスカル》さ。瓶のなかのグサーノを見たとたん、わたしは組織の幹部たちのまえで盛大に吐き散らしてしまったというわけさ。

「わたしの考えでは、呪いや悪運のようなものは、人間だけじゃなく場所にも憑くものなんだ。だからこのホテルの部屋を引き払って方々を転々とした。最後に行き着いたのが――」

「うちの療養所というわけですね」

「いまでも首なしお化けの夢を見ることがある」ドン・ロドリゴは首をふりながらつづけた。「むかしとちがうのは、わたしがもう誰のことも殺すつもりがないということさ。だから悪夢は、ただの悪夢にすぎなくなったんだ。現実の生活にまで手出しをしなくなったのさ」

なるほど、とぼくは言った。「悪い呪いだと思っていても、結果的によかったものもあるとおっしゃってたのは、そういうことだったんですね」

「このホテルを離れてはじめて、わたしはちがう生き方もあることを学んだんだ。人間、誰しも得意なことがある。その得意なことを活かして生きていければ、それに越したことはない。だがね、お若いの、そうはできん者のほうがずっと多いんだよ」

彼が言葉を切ったのは、ルイーザがぼくたちのコーヒーを持ってきたせいだった。

「なんの話をしてたの、ロドリゴ？」サイドテーブルにコーヒーを置きながら、ルイーザが尋ねた。

「また若い子に嘘八百吹きこんでたんじゃないだろうね」

「とんでもない。人生のままならなさについて話していたところさ」

ルイーザがもの問い顔でこちらを見たので、ぼくはうなずいてみせた。「ままならないと思っていても、めぐりめぐってけっきょくそれでよかったという話です」

「それがマリア様の御心さ」そう言って、ルイーザが胸のまえで十字を切った。「それじゃあ、この年寄《ビエホ》りの話をよく聞いとくんだね。ままならない人生にかけちゃ、このお爺さんは大学で教えることだってできるんだから」

「どういう意味ですか、ドニャ・ルイーザ？」

「このお爺さんはね、売れない三文文士だったんだよ」

「…………」

「ずっとこのホテルでへんてこな物語ばかり書いていたのさ」ルイーザが豪快に笑った。「けっきょく長い作家人生で文芸誌に載ったのはたったの一本だけ。あたしも読んだけど、内容は忘れちまったよ……でも、たしか首のない兵士の話だったね、ロドリゴ？」

ぼくはびっくり仰天して開いた口がふさがらなかった。ぜんぶ法螺《ほら》だったということか？　ドン・ロドリゴに顔をふり向けると、この食えない爺さんはにやりと笑って片目をパチッとつむってみせた。

なんということだ！

考えてみれば、ドン・ロドリゴの話は矛盾だらけだ。馬鹿な理由で仕事をし損じたのに、組織からはなんのお咎《とが》めもなく、しかもそれからも殺しの依頼が何度もあったのだから。それにたぶん、殺し屋を辞めますと言っても、組織は、はい、わかりました、それではお元気で、とは言ってくれないはずだ。

腹が立つやら愉快になるやらでどうしたらいいのかわからず、だからドン・ロドリゴといっしょになってゲラゲラ笑ってしまった。

いいじゃないか。ドン・ロドリゴには虚言癖があると非難するのは、小説はぜんぶ嘘だと非難することと同じだ。たとえ嘘でも、彼の話はまるでお伽噺《とぎばなし》みたいに、人が知っておかなければならない真実がぎゅっと詰まっている。これから先、ぼくは何度でもこの夜を思い出すことになるだろう。

「あのころはここから抜け出したくてたまらなかった」彼は夜空の下でぼんやり光っているホテル・ランゴスタに目を向け、溜息混じりにそう言った。「だが人間ってもんは、けっきょくそういう場所を愛しすぎとるんだろうな」

「いい時代だったわね」ルイーザの目にはうっすらと光るものがあった。「よくない時代もひっくるめてさ」

それはドン・ロドリゴが殺される五日前のことで、ハカランダの林を吹き抜けてくる風はほんのりと薄紫に色づき、囲炉裏の火は申し分なくあたたかで、ルイーザの淹《い》れてくれたコーヒーは火傷《やけど》しそうに熱かった。

ぼくたちが療養所を留守にしていた二日のあいだに、マヌエル・ブランコは何者かに殺されて――十中八九、麻薬絡みだが――車の往来が激しい幹線道路の歩道橋から裸で吊るされてしまった。

信じられない、信じられない、といまだショック状態にあるルーペ・カザレスがまくしたてた。

「マヌエルなんて雑魚《ざこ》もいいところじゃない！　それともなにか大きな取引にかかわってたの？

あの人たち、人の命をなんだと思ってんのよ⁉」

　そのときぼくの頭を占めていたのは、マヌエルから託されたあの写真のことだった。もしこいつの使い時が来たら、おまえにはわかるはずだ。あのとき、マヌエルはそう言った。そのときにどうするかはおまえにまかせるよ。

　もちろん、真っ先に念頭をよぎったのは警察へ駆け込むことだった。だけど、自分がけっきょくそうしないことは知っていた。ここはメキシコだ。マヌエルを殺したやつらの息がかかっている警官だって、いないとはかぎらない。のこのこ警察署へ出かけていくのは、自分で自分の棺桶を注文しに行くようなものだった。

「それでいいんだよ、ダビッド」巻き添えを恐れた同僚たちは口々にそう言った。「きみの考えていることは正しい。もしいまいる場所がいちばん安全なのだとしたら、そこでじっとしているのがいちばんんだ」

　ドン・ロドリゴに写真のことを打ち明けようとも思った。いつものタマリンドの下のベンチで、いつもの気怠い午後に、思い切って助言を求めようとした。たとえドン・ロドリゴが殺し屋ではないにしても、作家として裏社会について知っていることがあるはずだ。でも、ぼくはなにも言わなかった。黙って家に帰り、あの写真に火をつけた。

　写真の裏にあったパスワードのようなものは、マヌエルのパソコンのどこかに隠されている秘密のフォルダーを開くためのものかもしれない。知ったことか。下手に知れば命取りになりかねないものなんて、やはり燃やしてしまうにかぎる。

三つめの奇妙なつながりは、まさにこの写真に手繰り寄せられたようなものだ。ドン・ロドリゴが見知らぬ男たちに殺されたとき、ぼくたちは療養所の裏手にある小径《こみち》を散歩していた。曲がりくねった坂道を、ぼくはドン・ロドリゴの車椅子を押して下っていた。石ころのほかには、ウチワサボテンやユッカがぽつぽつと道端に生えていた。

そのふたりの男はまさにぼくたちの行く手から、まるで蜃気楼のようにゆらめきながら坂道をのぼってきた。大きな夕陽を背にしていた。ひとりはきちんとした身なりをしていて、もうひとりはくだけたかっこうだった。

「やあ、こんにちは」

彼らはドン・ロドリゴの挨拶に対して軽く頭を下げた。

ぼくたちのまえで足を止めると、身なりのきちんとしているほうが黒いジャケットの内ポケットから写真を一枚取り出して、まずぼくと写真を見比べ、それからドン・ロドリゴと写真を見比べた。くだけたかっこうをしているほうが身なりのきちんとしたほうの手許を覗きこみ、まずドン・ロドリゴを指さし、それから写真を指さした。彼らは顔を見合わせてうなずいた。

そして、ドン・ロドリゴがあっという間に殺されてしまった。くだけたかっこうをした男が、車椅子にすわっているドン・ロドリゴの胸をナイフで三度突いた。それだけだった。刺し口から黒い血が広がっていく。ドン・ロドリゴは口をぱくぱくさせ、すぐにその口から血の泡が流れ出てだらだらと胸に垂れた。

ぼくは腰砕けになって、その場に尻餅をついてしまった。

身なりのきちんとしたほうがゆったりした足取りで近づき、ぼくのそばにしゃがんで写真を突きつけた。それはあの日、ルーペ・カザレスが撮ってくれた写真だった。彼は写真のなかのぼく、つまり顔の上半分が切れているぼくを指さして「こいつは誰だ《キエン・エス》？」と尋ねた。それでマヌエル・ブランコを殺したのはこの男たちなのだと見当がついた。

見当がついたからといって、状況がすこしでもよくなるわけではなかった。かろうじてぼくにできたのは、首を激しく横にふることだけだった。すると、くだけたかっこうの男が言った。

「写真に写っているこいつはここの制服を着ている。おまえも同じ制服を着ている。つまりこいつはおまえか、おまえの同僚だということになるな？」

うなずくべきか、かぶりをふるべきかわからなかった。

放心しているぼくを見て、男たちが顔を寄せてひそひそと何事かをささやきあった。ぼくは活路を見出そうと、あちこちに目を走らせた。だけど目に入るものといえば、石ころとサボテンと夕陽だけだった。男たちの背後に大きなユッカが一本立っていた。そのうしろに人影を認めるのと、結論に達した男たちがうなずきあうのとほとんど同時だった。

くだけたかっこうの男がふたたび近づいてきて、写真のなかのぼくを指さして「これは誰だ？」と訊いた。

　ぼくは目を見張った。彼がぼくの目のまえでドン・ロドリゴの命を奪ったナイフをひらひらさせたからではない。ぜんぜんちがう。ぼくの目はあのユッカに釘付けになっていた。そのギザギザの葉陰から音もなく出てきた男は古ぼけた軍服を着ていて、そして頭がなかった！

　男たちはなにも気づかない。とりわけ、くだけたかっこうをしたほうは、ぼくが恐怖のあまり口がきけないでいるのだと思っているようだった。じっさい、ぼくは恐怖のあまり口がきけないでいた。口がきけないどころか、耳まで聞こえなくなっていた。くだけたかっこうの男の口が音もなくぱくぱくと動いている。そのあいだにも、首なしお化けは身なりのいいほうの男にむかってゆっくりと歩いていった。身なりのいいほうの男は、冷たい目でぼくを見下ろしていた。背後から近づいてくるものがいようとは、まるで思っていないようだった。

「おい」

　耳元で怒鳴られて、ぼくは跳び上がった。

「この写真に写ってるやつがおまえじゃないなら、さっさとこいつの正体を吐いちまえ」

　そう言って、くだけたかっこうの男が指を三本立て、それを一本ずつ折りながらカウントダウンをはじめた。

「3《トレス》」

　ぼくはおろおろするばかりだった。口のなかは竜舌蘭畑の赤土みたいに干上がり、身なりのいいほうの男から目が離せなかった。その男の頭上に小さな雲ができている。はじめは蚊柱かと思ったのだけれど、そうではなかった。いずれにせよ、雲霞《うんか》のようなものが彼の頭の上にわだかまっていた。見ようによってはまるで子供向けのアニメーションに出てくる、どこまでも追いかけてくる意地悪な雷雲みたいだった。

くだけたかっこうのほうが、ぼくの目を覗きこみながら指を一本折り曲げた。「2《ドス》」

まばたきすらできなかった。

ぼくの視線を不審に思ったのだろう、くだけたかっこうの男が指を二本立てたまま、ちらりとふり返った。

まさに背後に首なしお化けが迫っているというのに、身なりのいいほうは軽く肩をすくめただけだった。

いまや首なしお化けは身なりのいい男の真後ろに立っていて、彼の頭上の雲霞を見上げていた。首がないのに見上げていたというのもおかしな話だけれど、それは愛や悲しみのように、たとえ目に見えなくてもたしかにこの胸が知っていることだった。

くだけたかっこうの男がぼくに向き直り、もう一本指を折って言った。「1《ウノ》」

そんなことはもうどうでもよかった。それどころではない。首なしお化けが、身なりのいい男の頭上の雲霞にひょいとよじのぼった！　まるで窓枠を乗り越える泥棒みたいだった。首なしお化けは、よっこらしょという感じで雲霞の縁に片足をかけ、体をひっぱり上げ、そのまま雲霞のなかへ跳び下りて見えなくなった。

「おまえはいいやつだ」くだけたかっこうの男が、ぼくの首筋にナイフをあてがう。

「いいやつはみんな早死にする」

ぼくは彼の目がすうっと冷めていくのを見た。いつかテレビで見た、人食い鮫《ざめ》の目みたいだった。

「待て」

その声に彼は動きを止め、肩越しに相棒をふり返った。ぼくのほうは胸が早鐘を打ち、吐き気がこみ上げ、生きた心地がしなかった。

「そいつを殺す必要はない」身なりのいいほうが言った。頭上の雲霞はもう影も形もなかった。

「じじいは始末したから、今日はこれでよしとしよう」

くだけたかっこうの男が眉をひそめた。

「まさかここの職員をひとりひとり摑まえて、全員に尋ねるわけにもいくまい？　だったら、こいつをひとり殺っても意味がない」

「いいのか？」と、くだけたかっこうの男。「上にはなんと言う？」

「いやな予感がするんだ」

くだけたかっこうの男はじっと相棒を見つめていた。

「うまく言えないけど、こういう予感はおろそかにしないほうがいいと思う」身なりのいいほうが言った。「上はおれがなんとかする。今日はこのまま引き揚げよう」

「おれはべつにいいんだ」ナイフを下ろしながら、くだけたかっこうの男が言った。

「人を切り刻むのが三度のメシより好きってわけじゃない」

「行こうぜ、相棒」

「でも、なんなんだ？　今日はおふくろさんの誕生日かなんかか？」

彼らはまるでぼくなどそこにいないかのように、沈む夕陽にむかって坂道を下りていった。

つまり、これがぼくの物語だ。

一枚の写真と、ドン・ロドリゴの幻想と、その幻想から抜け出した首なしお化けが奇妙な具合につながって、ぼくは一命を取り留めた。

もしかすると、ドン・ロドリゴは本当に殺し屋だったのかもしれない。絶命した老人を見て、とりとめなくそんなことを考えた。作家は世を忍ぶ仮の姿。数々の悪事のせいで、彼は首なしお化けに取り憑かれてしまった。その首なしお化けはむかしむかしホテル・ランゴスタで首を斬られた兵士で、なにが悲しいのか、つぎからつぎへと宿主を変えていく。で、首なしお化けに乗り移られた者は、どういうわけか殺生ができなくなるのだ。

たしかに一羽の燕《つばめ》では夏にならず、一度の善行では善人にならずというけれど、遠ざかる殺し屋たちの背中を眺めていると、もしかすると今日は彼らが善人に生まれ変わった記念すべき吉日かもしれないぞと思った。そうだとも。だってドン・ロドリゴによれば、呪いには善いものも悪いものも、そして一見悪くてもけっきょく善いものもあるわけだから。

モップと洗剤

1

安酒の広告が一面に描かれた壁のまえで、ベニート・フォレロとビセンテ・セラーノは額を突き合わせてスマートフォンの画面を覗きこんでいた。

ベニートは自分の目が信じられなかったし、それはビセンテも同じだった。いち、じゅう、ひゃく、せん、まん……何度数え直しても、やはり見間違いではない。それまでの半年間に投稿した動画のうちでもっとも閲覧されたものですら三百回足らずなのだから、これはもう奇跡と言ってよかった。

興奮がじりじりと背筋を這い上がってくる。ビセンテがこらえきれずに勝利の雄叫びをあげると、下校中の高校生の一団が怪訝そうな顔をふり向けてきた。

「高校なんか行ってなんになる」ビセンテは彼らに向かって吼えた。「少年たちよ、もっと社会に目を向けろ！」

高校生たちが顔をしかめ、ベニートはビセンテの言うとおりだと思った。物静かな性格の彼は、むかしから大勢でつるむよりもひとりで本を読んだり、ネットで日本のアニメーションを観たりすることを好んだ。父親は知る人ぞ知る竜舌蘭《アガベ》造りの名人で、家はけっして貧しくはなかったものの、かといって七人の子供を全員高校へかよわせられるほど裕福でもなかった。兄たちは貧乏を嫌って都会へ出たり、アメリカへ渡ったりしたが、父親に言わせればそれは「戸口にあるものを探しにローマへ行くようなもの」だった。おれたちには畑と技術がある、なぜわざわざ故郷を離れて苦労しなきゃならん。末っ子であるベニートはその言い分をもっともだと思ったので、中学を卒業してからも地元に残って父親と野良仕事をしていた。そうだ、高校なんかいらない。ベニートは思った。信念と、それを思うさま発信する勇気さえあれば、たったひと晩で世界のてっぺんにのぼりつめることだってできるんだ。

かたや、ビセンテはいわゆる不良少年だった。しかし警察官だった父親が若くして殉職してしまったため、小学校のときから郵便局の使い走りをして生活費を稼いでいた。彼は世知に長け、新家族《ヌエバ・ファミリア》の構成員となったかつての不良仲間が肩で風を切って歩くのを見ても別段うらやましいとも思わず、逆にもの言わぬ死体となって家に帰ってくればかならずお悔やみを言いに立ち寄った。中学を出てからはいくつもの仕事を転々としたが、自分のピックアップトラックを手に入れてからは引っ越しでも荷運びでも、たのまれればなんでもやった。ただ、カルテルの連中にだけは近づかないようにしていた。サッカーよりも野球が好きだった父親は、息子とキャッチボールをしながらよくこう言って戒めた。いいか、ビセンテ、楽をして稼ぐのはけっきょくいちばん損なやり方なんだぞ。ビセンテは父親の教えどおりに育った。義理堅く、しかも苦労を厭わないので、ベニートの父親にも気に入られていた。そんなわけで中学を出てから五年経つが、ベニートとの友情は途切れることなくつづいていた。

「おれがモップ！」ビセンテが自分の胸を叩きながら叫んだ。「メキシコの汚れをきれいに落としてやるぜ！」

「ぼくが洗剤！」ベニートも叫び返す。「モップと洗剤とはぼくたちのことだ！」

ふたりの幼馴染みはゲラゲラ笑った。たった半日で〈34,689 views〉、しかもビセンテがはしゃいでいるこのわずか数分のあいだでさえ〈Fregona y Jabón《モップと洗剤》〉がインスタグラムに投稿した画像の閲覧回数はぐんぐん上昇している。ベニートはさっそくこの快挙を世界へ向けて発信した。ツイッターでこうつぶやいた。〈ぼくたちは十年前に起こったこの事件を忘れない〉

定石どおり〈#〉をつけていくつかの検索ワードをならべた。スペイン語と英語で血なまぐさいワードを検索すれば、たちどころに自分たちのSNSがヒットするように工夫した。すぐに事件を憶えているという人たちからのコメントがつき、驚くべき速さでリツイートされていった。

〈たしか警察官が十人くらい死んだやつだよね？〉

〈警察内部に手引きしたやつがいるって話だったけど、こいつがそうか〉

〈みんな、メキシコを嫌いにならないで！〉

〈ホセ・ルイス・マルティネス。悪党には見えないけど、本物の悪党ってのはえてしてこういうも

のだ〉
　インスタグラムにアップした動画をユーチューブにもあげた。まるで早送りのように積み上がっていく〈いいね！〉をうっとり眺めていると、ビセンテにパシッと肩を叩かれた。
「インスタのほうはもう五万ビューを突破したぜ！」

　ほんの二日前まで、ふたりは何者でもなかった。

　代わり映えしない人生で唯一の愉しみといったら、竜舌蘭畑に引き込んだピックアップトラックのなかでビールを飲むくらいのものだった。これといって目新しい話題もなく、腐り切った政治家やサッカーのこと、潰えた恋やなんの展望もない未来について話すのに飽きてくると、どうすればＳＮＳのＰＶ《ページビュー》数を増やせるのかをぐだぐだ話し合うしかなかった。

「おれたちの問題は正しいことをするための覚悟が足りないってことさ」フロントガラスから射しこむ真っ赤な夕陽に目を細めながら、ビセンテがこぼした。「街の落書きやあふれたゴミ箱の動画なんて誰が見たがる」

「でも、環境問題は大事だよ」ベニートが応じた。「割れ窓理論を知ってるだろ？　割れた窓をほっとくと、その場所にみんなが無関心だというサインになる。するともっと窓が割られて――」

「犯罪がはびこるって言いたいんだろ？　理屈はわかるさ。だけど、それじゃＰＶ数は稼げない」

　ビセンテといっしょに〈モップと洗剤〉というハンドルネームでインスタグラムをはじめて半年

以上経つけれど、たしかにフォロワーの伸びははかばかしくない。いちばん閲覧されたのは、たまたま盛り場で撮影したひったくり強盗の動画だった。

「おれはもっと派手にやりたいんだ」とビセンテ。「この国にもまだ正義があることを証明したい。おれたちにしかやれないことをやりたいんだ」

「たとえば？」

　しばらく待っても返事がないので、運転席に顔をふり向けた。ビセンテは目を閉じてうな垂れていた。ベニートは肩をすくめ、瓶に残ったビールを飲み干した。ラジオから流れてくる音楽に耳を澄ませ、畑の彼方に沈む大きな太陽をぼんやりと眺めた。スマホで〈モップと洗剤〉のアカウントをチェックすると、登録者数も〈いいね！〉の数も同じところで足踏みをしていた。すると人生そのものが行き詰まっているような、みじめな気分に襲われた。ビセンテの言うとおりだ、と苦々しく思った。けっきょくぼくたちは、正しいことをするための覚悟が足りないんだ。

「ホセ・ルイス・マルティネスを見つけた」

出し抜けに破られた沈黙に、ベニートはスマホから顔を上げた。

「親父の同僚だった男だ」ビセンテが言った。「みんなからは金髪《ルビオ》と呼ばれていた」

　忘れるはずがない。

その日、ビセンテの親父さんは検察側の証人を裁判所へ護送していた。被告はヌエバ・ファミリア・ハリスコの大物だった。そして、道中で襲撃された。カルテルのやくざ者が道路をふさぎ、マシンガンで護送車を蜂の巣にした。彼らは陽気なマリアッチ楽団のように撃ちまくった。やくざ者どもはいい仕事をした。最終的には全員射殺されたものの、組織の不利になる証言者をつつがなく消すことができた。ビセンテの親父さんを含め九人の警察官が巻き添えを食ったが、ほとんどのメキシコ人にとってそれは中途半端な数でしかなかった。少なくはないが、まあ、多くもない。ネットで検索すれば、もっと酸鼻な事件がいくらでも見つかる。

いまも瞼に焼きついているのは、ひとりぼっちでうずくまっている十歳のビセンテの姿だ。彼は葬儀のためにこざっぱりした白いシャツを着せられ、髪は短く刈り込まれ、家の壁にもたれてすわっていた。その黒い革靴がいやに埃まみれだったのを憶えている。家のなかから漏れ聞こえる慟哭《どうこく》に無頓着なのは、裏庭をうろつきまわる鶏たちだけだった。ビセンテは立てた膝の上に腕を乗せていた。その手に握りしめられた銀色の拳銃が陽光を受けてきらきら輝いていた。ベニートはおっかなびっくり尋ねた。

「それ、お父さんの鉄砲？」

返事はなかった。

その後、襲撃を手引きしたとされるルビオことホセ・ルイス・マルティネスは忽然と姿を消してしまった。組織に消されたのだとささやかれていたが、そうではなかったというわけだ。

「ロスアルトスのほうに荷物の配達に行ったんだ」ビセンテは淡々と言葉を継いだ。「プールを自動で掃除してくれるロボットを届けた。それがルビオの家だった。名前を変えてたし、ずいぶん老け込んでたけど、あれはルビオに間違いない。おれがあいつを見間違えるはずがない。親父が生きてたころは、よくうちにメシを食いに来てたからな。それがいまじゃプール付の豪邸に住んでやがる」

ラジオからは哀愁をおびたアリエル・カマチョの物語歌《コリード》が流れていた。ベニートにできることは、相棒の肩を摑まえて揺すってやることだけだった。暮れなずむ茜空を見晴るかすビセンテは、銀色の拳銃を睨みつけていた十年前と同じ目をしていた。

「おれはあの男を！」

「きみの考えていることはわかる」

ベニートがかぶせると、ビセンテがかすかに頷いた。これから訪れる破滅を粛々と受け入れようとするかのように。そう、彼のなかではもう結論が出ているのだ。

「もしきみがひとりでやると言うなら、ぼくはなにも聞かなかったことにする」ベニートは言った。「たとえ失敗しても、ぼくはきみのことを誇りに思う。でも、やり方はそれひとつだけじゃない」

「……どういうことだ？」

「ぼくが知りたいのは、きみがひとりでやりたいのか、それとも。モップと洗剤としてやってもいいのかってことだ」

まだ四月だというのに、畑を吹き渡る風にはもう夏の息吹が感じられた。夕焼け空に浮かぶちぎれ雲は、まるで羊の群のようだった。刈り取られた竜舌蘭の長い葉がそこらじゅうに散乱し、トラックの轍《わだち》に踏み荒らされている。いま動かなければ、永遠になにも変えられないような気がした。

「きみの言うように、これは覚悟の問題だよ」ベニートは相棒の目をまっすぐ見つめた。「きみがモップなら、ぼくは洗剤だ。ふたりでかかれば落とせない汚れはない」

ビセンテの黒い瞳のなかで、ぬるりとしたものが蠢いた。

窓からビール瓶を投げ捨てると、ふたりは国道九十号線を東へ向かってトラックを走らせた。ほとんど口をきかなかった。ただ、なにかが自分のなかで凝《こご》っていくのを感じていた。アトトニルコ・エル・アルトを過ぎ、アヨトランで州道三一六号線へ入る。ロスアルトス地方のこのあたりには名だたるテキーラの蒸留所が数多く点在しているが、ヘスス・マリアを抜け、州道三一四号線へ入るころにはすっかり夜も更けていた。まばらな街灯に照らされた道路からは人影が消え、廃屋がいくつも流れていった。ステアリングをさばきながら、ビセンテがぽつりとつぶやいた。

「おまえは本当にそれでいいのか？」

本当にこれでいいのか――窓外に顔を向けていたベニートは、しばらくそのことについて考えてみた。もしビセンテの見かけた男が本当にルビオなら、人殺しに安住の地はないことを知らしめるのは絶対的に正義だ。でも、いくら正義だからといって、必ずしも真っ向からぶつかっていく必要はない。ぼくたちにはぼくたちのやり方がある。

「いいに決まってる」ベニートはきっぱりと言い放った。

「ぼくたちは真実を発信するだけだ」

窓から射しこむ陽光に薄目を開けると、ビセンテはもうシートを起こして外に顔を向けていた。ベニートは倒した助手席の上で大きく伸びをした。窮屈な場所で寝たせいで、強張った体の節々が軋んで音を立てた。

「見ろよ」こちらには目もくれずにビセンテが吐き捨てた。「麻薬王みたいな暮らしじゃないか」

その声に促されて、のろのろとシートを起こす。昨夜はわからなかったが、目をこすってあらためて朝陽のなかで見てみると、高い塀に囲われたその三階建ての屋敷はたしかに現実離れした壮麗さを備えていた。両開きの重厚な門があり、コロニアル様式のバルコニーがあり、まるでフロリダのように椰子の葉が風に揺れていた。

ベニートはあくびをし、これから起こることを想像しようとしたが、うまくいかなかった。実際に父親の仇が現れたとき、ビセンテが理性を保てるかどうかはなんとも言えない。何気ないふうを装ってグラヴコンパートメントを開けてみたが、銀色の拳銃は入っていなかった。

「おい」

ビセンテの鋭い声に呼ばれ、我に返る。ベニートは西部劇のガンマンみたいにポケットからスマホを取り出し、フロントガラスの先に目を凝らした。朝靄を押し分けるようにして屋敷の門が開き、なかから中肉中背の男が出てくるところだった。

「あいつだ」

道々打ち合わせたとおりに、ベニートはスマホを標的に向けて連写した。

いかにも金満家然としたルビオは、まるで健康な肝臓のようによく陽に焼けていた。口髭を生やしており、ブルージーンズを穿いてカウボーイハットをかぶっている。あたりを警戒することもなく、二百メートルほど先にある雑貨店へとぶらぶら歩いていくさまは、いかにも正直な商売で成り上がった田舎者という感じだった。

ルビオが店のなかへ消えたのを見とどけてから、ビセンテは静かに車を出した。ゆっくりと雑貨店のまえをとおりすぎ、すこし離れたところで停める。しばらくルームミラーとサイドミラーで店を見張っていると、ルビオが新聞を小脇に抱えて出てきた。ベニートは写真を撮った。店のなかに向かって放たれるルビオの笑い声はなんの屈託もなく、太くよくとおり、ピックアップトラックのなかにいても聞こえるほどだった。ルビオは笑い、ポーチの柵に足をかけてブーツの埃を拭き取り、それから口笛を吹きながら来し方へと引き返していった。もう充分だとビセンテに言われるまで、ベニートはその後ろ姿を写真に収めつづけた。それから、ふたりは車を降りて雑貨店へと入っていった。

薄暗い店内には、腰の曲がった老婆がひとりいるだけだった。ガラスのショーケースの向こうから「おはよう」と声をかけてきたので、ふたりとも礼儀正しく挨拶を返した。奥に日用品や食料品、豚皮《チチャロン》チップスなどのスナック菓子を陳列した棚があるだけの小さな店だった。ベニートが商品を物色していると、ビセンテが老婆にこう尋ねる声が聞こえた。

「いま出てった旦那《セニョール》はドン・エドゥアルドだろ？」

「そうだよ」というのが老婆の返事だった。「知り合いかい？」

「このまえ荷物を配達したんだ。あんな立派な家にひとりで住んでるのかい？」

「どうしてそう思うんだい？」

「なんとなくさ」ビセンテが肩をひょいとすくめた。「家のなかにあまり家具がなかったから」

「誰かといっしょに暮らしているふうではないね」老婆が教えてくれた。「もともとこのへんの人でもないしね」

ベニートはミネラルウォーターを二本取って老婆に差し出し、汚れたショーケースのなかにある貝殻のようなパンを指差しながらこう言った。

「あとはその貝殻パン《コンチャ》とチョコレートドーナッツをふたつずつください」

車に戻ると、ビセンテがやっぱり問違いないと鼻息を荒らげた。

「エドゥアルド・ゴメスはルビオの偽名だ」

すこし走ってから、車を路肩に寄せて停めた。なにもない埃っぽい一本道で、前を向いてもうしろを向いても、目に入るものといえばゴツゴツした岩と荒れ地にへばりついているウチワサボテンだけだった。ふたりは甘いコンチャを頬張りながら、それぞれのスマホで調べるべきものを調べた。

　ベニートは撮ったばかりの写真を一枚一枚あらためていった。念には念を入れて連写で撮ったので三百枚以上になったが、甲斐あって目鼻立ちがはっきりわかるものもたくさん撮れていた。いちばん気に入ったのは肩越しにふり向いたルビオが朝陽に目をすがめている一枚だった。見ようによっては、疑心暗鬼になっている人殺しが尾行を気にしているかのようだ。カウボーイハットに光るものがある。拡大してみると、どうやらアメリカのメジャー・リーグのピンバッジ――野球のバットに赤い鳥が止まっている――のようだった。

「ないな」ビセンテがため息をついた。「SNSにはエドゥアルド・ゴメスもホセ・ルイス・マルティネスもいるけど、どれもルビオじゃない」

「珍しい名前でもないからね」ベニートはすこし考えてから口を開いた。「ルビオの同僚の名前はわかる？　もしかしたら、そっちからなにかわかるかも」

　ビセンテは頷き、猛烈な勢いでスマホ画面に指を滑らせた。

　ベニートはビセンテの父親の名前を検索にかけてみた。ひっかかってくるのは、十年前にヌエバ・ファミリア・ハリスコに殺されたときの悲しい記事だけだった。ビセンテの父親が所属していた警察署も検索してみた。じっくりホームページを見ていくと、警察署内に野球チームがあることがわかった。説明書きには警察署対抗野球大会で何度も優勝した三十年の歴史を持つ由緒正しいチームとある。リンクの張られているページに飛ぶと、グラウンドで撮られた集合写真が現れた。野球のユニフォームを着た男たちがにこやかに写っている。日付けはちょうど十年前になっていた。

ベニートはビセンテにスマホを見せながら尋ねた。

「ここに写ってないかな」

　ビセンテはその写真をためつすがめつしたあげく、獲物を見つけた虎のように目を剝いた。

「こいつだ」と画面を指さした。「まえの列の真ん中あたりにいるのが親父で、うしろの列のいちばん右がルビオだ」

「たしかか？」

「親父とルビオはいっしょに野球をやってたんだ」

　そこを突破口と見定めたベニートとビセンテは、それからも自分のスマホであれこれ調べまくった。ホセ・ルイス・マルティネスの名前でひっかかってくるのはパン屋や大学生や歯科医だけだった。道端に停めたピックアップトラックのなかで、ふたりは眉間にしわを寄せて証拠探しに没頭した。あっという間に陽が高くなり、車内が暑くなった。ほかの車が巻き上げていく砂塵が窓から入ってくる。水を飲み、時折り顔も上げずに情報交換した。

「この表彰台の人は親父さんのチームメイトだね。名前がわかればそこからたどれるかも」

「ミゲル・ゴンザレス——おれもそう思って、母さんに訊いたんだ。さっき返事が来た」

「見つかりそう？」

「ミゲル・ゴンザレスなんてそこらじゅうにいる。ジョン・スミスのほうがまだ捜しやすい。それっぽいフェイスブックにいくつか友達申請はしてみたけど」

けっきょく昼過ぎまで粘ってみたものの、たいした収穫はなかった。

帰りの車のなかでも、ベニートはずっと情報収集をしていた。ふと思い立って〈ヌエバ・ファミリア・ハリスコ〉〈メンバー〉で検索してみると、いまは不良少年を更生させる非営利団体に勤めている元麻薬売人のブログに行き当たった。

かつての自分がいかに救いようがなかったかを赤裸々につづったそのブログには、写真が何枚もあげられていた。体じゅう刺青だらけの男たちが拳銃を持って粋がっているものもあった。そのうちの一枚、プールパーティーの写真に目を奪われた。プールサイドで戯れるいかつい男たちとビキニ姿の女たちの足下で、明後日のほうを向いた金髪の男がぷかぷかと水に浮かんでいる。拡大してみると、朝見たばかりの男と似てなくもない。写真についている説明にはこうあった。〈ドン・アルバロ邸にて〉。そこで〈ドン・アルバロ〉を検索してみると、五年前に殺されたヌエバ・ファミリア・ハリスコのナンバー2、アルバロ・メンドーサだと判明した。ベニートはビセンテに車を停めさせ、入手したばかりの証拠を見せながらまくしたてた。

「もしこの金髪の男がルビオなら、これはやつがヌエバ・ファミリアとつながっていた証拠になる」

「間違いない」興奮したビセンテが請け合った。「やったぞ、ベニート！　こいつはルビオだ！」

盗み撮りしたエドゥアルド・ゴメスの写真とブログの写真をじっくり突き合わせてみた。見くらべれば見くらべるほどビセンテは確信を深めていったが、ベニートのほうは逆に自信がしぼんでいくのを感じた。たしかに似ている。しかし、決定打に欠けた。ドン・エドゥアルドのほうは色黒で肥っているが、ビセンテがルビオだと断言する写真の男はひょろりとした優男だ。いますぐエドゥアルド・ゴメスをネットにさらそうと逸るビセンテを、ベニートはやんわりとたしなめた。

「あわてるな。エドゥアルド・ゴメスが間違いなくルビオだという確証がほしい」

「なに言ってんだ？」信じられない、というふうにビセンテが首をふった。「あいつはルビオだ。間違いない」

「無関係の人をさらすわけにはいかないよ」ベニートは譲らなかった。「取り返しのつかないことになる。もうすこし調べてみよう」

ビセンテが舌打ちをした。

インターネットのいちばんの問題は、真実と嘘にまったく同じ権利があたえられていることだ。自由にネットに接続できるかぎり、なんでも自由に発信することができる。たとえ嘘でも、拡散して〈いいね！〉を稼ぎ出せばそれが真実になる。そこでは真実性よりも拡散性のほうがうんと価値がある。

だけど、そんなのは〈モップと洗剤〉の流儀じゃない。断じてちがう。〈モップと洗剤〉は嘘をつかない。ぼくたちはぼくたちの正義を貫く。ベニートは思った。そうしなければ、フェイクニュースで国民を操ろうとする独裁者といったいなにがちがう？

グアダラハラに帰り着いたときには、もう陽がとっぷりと落ちていた。

モレーロス公園のそばに車を停め、近くの安食堂へ入ったのは午後八時過ぎだった。八人掛けの長テーブルにすわってエンチラーダスとコカ・コーラの夕食を摂っていると、立てつづけにビセンテのスマホの着信音が鳴った。食事をつづけながら、ビセンテが素早くスマホを確認した。

「友達申請した相手が承認してくれた」

食い入るようにスマホを見つめるビセンテを後目に、ベニートはゆっくりとエンチラーダスをフォークで口に運んだ。

老人がひとり店に入ってきて、声をふり絞って田舎歌《ランチエラ》をひとくさりやった。仔馬が死んじまっておいらはとても悲しい、そういう運命だったんだ、手持ちのカネじゃ老いぼれロバだって買えやしないという物悲しい歌だった。歌い終わると、老人は帽子を逆さに持ってテーブルのあいだをぬって歩いた。食事をしている人たちがその帽子のなかに小銭を放り込んでいく。ビセンテはそれどころではなかったので、ベニートがかわりに十ペソを入れてやった。老人は会釈し、歌で稼いだカネでタコスとコカ・コーラを買って店の片隅でひっそりと食べた。

ベニートがあらかた食べ終わったとき、ビセンテがまだ半分以上残っている皿を脇に押しやった。それから、押し殺した声でこう言った。

「見つけた」

ビセンテのスマホを受け取ったベニートは、表示されている写真に目を凝らした。

「東京でメキシコレストランをやってる男のフェイスブックだ。そいつの従兄が友達を連れて日本に遊びに来たときの写真らしい」

テキーラのボトルがずらりとならんだ酒棚をバックに、三人の男が満面の笑みで写っている。どの男がフェイスブックの管理者で、どの男がその従兄なのかはわからなかったが、真ん中に写っているのは間違いなくエドゥアルド・ゴメスだった。画面をスワイプすると、日本語のコメントが出てきた。もちろんひと言もわからないが、すでにビセンテがグーグル翻訳に流しこんでいた。たどたどしいスペイン語だが、意味は充分に取れる。〈ルビオはむかし警察官です、お兄さんの小学校の友達です〉。投稿されたのはつい去年だ。

顔をふり向けると、どうだ、まだ文句あるか、という感じでビセンテが両手を広げた。

「決まりだね」ベニートはコカ・コーラのボトルを掲げた。

「むかしの新聞記事といっしょにルビオの動画をインスタにあげよう」

ビセンテがにやりと笑い、自分のボトルをカチリと合わせてきた。

事態がこれほど急速に、そしてこれほど思いがけない方向へ動くとは予想だにしなかった。

日曜日の夜、ベニートとビセンテはルビオの写真や動画をアップした。もちろん、九人もの警察官がカルテルに殺された十年前の新聞記事を添えて。夕食を摂った安食堂から情報を発信するや、月曜日の午後にはもう世界中がその話題でもちきりになった。

ふたりは爆上がりする〈いいね！〉の数に狂喜乱舞し、前代未聞のフォロワー数の増加に有頂天になった。〈モップと洗剤〉のアカウントには世界各地からコメントが押し寄せ、驚いたことに中国語のコメントまであった。ユーチューブにあげた動画――小脇に新聞をはさんだルビオが雑貨店のまえでブーツの埃を拭き取り、口笛を吹きながら歩き去るほんの二分足らずのもの――の閲覧回数は、ロケットみたいに空の彼方へ飛んでいった。

火曜日、水曜日と夢見心地のうちに過ぎていった。ビセンテからはしょっちゅう危なっかしいテンションのメッセージがとどいた。〈メキシコはルビオの血を求めている〉だの〈神様だってお許しになるはずだ〉といったメッセージを見るたびにベニートは肝を冷やし、ビセンテの怒りをカネの話にすり替えた。つまり広告収入《アフェリエイト》や動画再生ボーナスプログラムの話をしてやった。ビセンテはいま分かれ道に立っている。彼が正しいほうを選んでくれることを願いながら、ベニートは厳しい親方である父親に怒鳴られるのもおかまいなしに、律儀にメッセージを投げ返した。〈ぼくたちはやれるだけのことをやった。これからおカネだって入ってくる。あんなやつのために刑務所に行くつもりか？〉。

甲斐あって、とうとうビセンテの目にひと筋の光が見えた。自分の手でルビオを葬り去ることをあきらめてくれたのである。〈あんなやつのためにこのおれが死の影の谷を歩く必要なんてないんだよな〉というたのもしいメッセージに、ベニートは暴れ馬に乗ったカウボーイが〈hee-haw!〉と叫んでいるスタンプを返した。けっきょくのところSNSとは自己肯定という宝物の在り処を示す地図であり、首尾よくそれを手に入れることさえできれば、世界はこんなにも祝福に満たされるのだ。

金曜日の朝、ベニートはいつものようにベッドのなかで〈モップと洗剤〉のアカウントをチェックした。

窓から流れこむ朝陽は清浄で、空はどこまでも青く澄み渡っていた。暑い一日になりそうだった。朝食を用意する母親の立ち働く物音が聞こえてくる。コーヒーのいい香りが鼻先をよぎった。幸せな気分で登録者数や〈いいね！〉の数を確認しようと胸を膨らませていたベニートは、しかし、インスタグラムの閲覧回数が二百万回を突破しているのを見てベッドから飛び起きた。目をしばたたき、こうつぶやいた。

「なんだ、これ……？」

昨夜までは十万回にもとどいていなかったのである。頭が現実に追いつくまでのあいだも、炎上するコメント欄には人殺し、卑怯者、負け犬、地獄へ堕ちろといった物騒な単語が、拳銃やナイフの絵文字とともに躍っていた。昨日までの賞賛の嵐は、津波のような罵詈雑言や誹謗中傷にすっかり押し流されていた。狼狽しつつニュースサイトに飛んでみてはじめて、なにが起こったのかを理解した。

昨夜、誰かがルビオの屋敷に火を放った。

銃声が聞こえたという証言もあった。それだけならいい。もともと拳銃の引き金を引くようなつもりでルビオをさらしたのだ。ルビオに恨みを持つ者がもっと過激な行動に出てくれるかもしれない。そのことを心のどこかで、いや、逃げも隠れもできない胸の真ん中で期待していた。血が流される覚悟はできていた。ルビオはカルテルの犬で、命じられれば同じ野球チームでともに汗を流した仲間をも平気で裏切ることができる。しかも血がべっとりついた手で日本へ観光旅行に出かけるようなやつだ。プール付の豪邸に住み、毎朝口笛を吹きながら新聞を買いに行く。そんな人でなしに誰かが正義の鉄鎚を食らわせば、帽子を宙に放り上げて快哉を叫んだっていいはずだ。

が、なんの関係もない者が巻き添えを食ったとなると、話はちがってくる。ベニートは震える指先をスマホ画面に滑らせた。どのニュースソースでも個人のSNSでも、焼け跡から発見されたふたつの死体はどちらも女性で、しかもひとつは子供のものだと騒いでいた。〈モップと洗剤〉のやり口は馬鹿なギャングよりも愚劣だと断罪するツイートが、手の付けようもなく拡散していた。ギャングなら敵の懐に飛び込んでいくが、〈モップと洗剤〉はネットに隠れて悪さをする。そのくせ肝心のルビオではなく、なんの罪もない女子供の命を奪ったのだ、と。

頭がくらくらした。急転直下の事態に胸が詰まり、息もできないほどだった。そこへ出し抜けにスマホが振動したので、思わず取り落としそうになった。手の上で躍るスマホを捉まえて電話に出ると、ビセンテがいきなりまくしたてた。

「SNSのアカウントを全部削除しよう！　警察が来るまえに身を隠したほうがいい。ちくしょう、いったいどこのどいつが……おれたちはもうおしまいだ！」

「ぼくたちは事実を投稿しただけだ」ベニートは何度か深呼吸をしてからスマホを持ち直した。「ルビオの住所だってあげてない。写真とむかしの新聞記事だけだ。誰かがそれを見て、勝手にあいつの家を特定して、勝手に殺そうとしただけだ」

「あいつの女房と娘が殺されたんだぞ！」

「ぼくたちが殺したわけじゃないし、ぼくたちが誰かにたのんで殺してもらったわけでもない」

「けど！」ビセンテは哀れなほど取り乱していた。「ああ、神様……」

「落ち着け、ビセンテ」そのせいで逆にベニートは落ち着きを取り戻すことができた。「事情聴取されることはあるかもしれない。そのときは正直に答えればいい。誰かの死を望んだだけで逮捕されたりするもんか。ぼくたちにやましいところはなにもない。そもそもきみはルビオを自分の手で始末するつもりだったんだろ？」

　電話の向こう側でビセンテが沈黙した。

「ぼくたちが声を上げなければ、ルビオはいまもあの大きな家でのうのうと暮らしていた」ベニートは震える声を力ずくで抑えこんだ。「そんなのは論外だったはずだろ？」

　それからもなんだかんだと因果を含めると、ようやくビセンテも理性を取り戻してくれた。人を殺すのは拳銃ではなく引き金を引いたやつだし、アルコール中毒や肺がんも酒や煙草を売ったやつのせいなんかじゃない——使い古された手がけっきょくいちばんよく効いた。

庭先で父親がトラックのエンジンをかけ、つづいて苛立たしげに名前を呼ばれた。いつまで寝てるんだベニート、怠惰と悪運はインド人とコブラみたいに切っても切れないんだぞ。

「アカウントは削除しない」通話を切り上げるまえに、ベニートは急いでそう言い添えた。「そんなことをすれば、自分にやましいところがあると認めたことになる」

蓋を開けてみれば、ベニートの読みどおりになった。

ネットでは大炎上したにもかかわらず、一週間経っても、二週間が過ぎても、現実の世界では警察官に家のドアをノックされることも、宝石でデコレートしたきらびやかな拳銃を持つ殺し屋に付け狙われることもなかった。

日々は淡々と過ぎていった。

畑で竜舌蘭を収穫し、コアと呼ばれるシャベル状の刃物で葉を削ぎ落し、裸に剝いた球茎部《ピニャ》をトラックに積む。父親のお供でＣＲＴ（テキーラ規制委員会）の人たちと食事をすることもあった。でっぷり肥ったＣＲＴの男に年齢を尋ねられ、もうすぐ二十歳になりますと答えると、その男が驚いたようにこう言った。

「本当か？　十五くらいにしか見えないぞ」

どう応じていいかわからず、ベニートは馬鹿みたいにへらへら笑うことしかできなかった。

「苦労してないいな。むかしは十六、七で独立して自分の蒸留所を立ち上げたもんだ」

不思議なことに、そのひと言でなにかが溢れてしまった。二週間ほどなにもする気が起きず、畑では父親に怒鳴られてもトラックの荷台にひっくり返って空ばかり眺めていた。だからといって、なにも考えてないわけではなかった。それどころか、頭のなかでは小さな竜巻が吹き荒れていた。

世界はネットの虚構を換金できるように再編成されつつある。上空で旋回するイヌワシを目で追いながら、ベニートは考えをめぐらせた。実際、そこに活路を見出した人たちはたくさんいる。フェイクニュースで荒稼ぎするやつもいれば、誰でもアクセスできる情報から国家の嘘を暴くやつもいる。

だけど多くの場合、財布や正義と同じくらい彼らが満たしたいと思っているのは自尊心だ。承認欲求の風が吹けば、風見鶏どもは〈いいね！〉のほうへ顔をふり向ける。もしくは、ツイートで誰かを殺す。

そう悟ってからは、昼間は父親が感心するほど働き、夜はそれまでインターネットに割いていた時間で本を読むようになった。収穫するまでに六年から十年もかかる竜舌蘭の何事にも動じない在り方に、そして書物のけっしてすり寄ってこない高貴なたたずまいに慰めを見出した。すると、もっとネットから距離をおくようになった。ビセンテとはときどき電話でやりとりしたが、どちらもあえてルビオの話題は持ち出さなかった。一度だけ、ビセンテがこう訊いてきた。

「本当にこれでよかったのかな……」

ベニートは曖昧に呻き、電話を切った。たとえよくないとしても、世界はもともとそういうとこ

書肆侃侃房
Shoshikankanbou

Woman's Best 17　韓国女性文学シリーズ14

小さな町　ソン・ボミ　著　橋本智保　訳

本体1,800円＋税　978-4-86385-592-2

過去をすべて消しても生きていけるだろうか？

私だけが知らなかった、
私のもう一つの物語

幼い頃の記憶。火事に見舞われた小さな町で、亡くなった悲しみに犬を飼う人々。死んだ兄。森の中に隠れて暮らす女性。いなくなった父。母の秘密。夫のスクラップブックと、消えた女優。現在と過去が交錯し、思わぬ真実が立ち上がってくる。

カッコの多い手紙

スリーク、イ・ラン　著　吉良佳奈江　訳

本体2,000円＋税　978-4-86385-593-9

《手紙には何度も（カッコ）を使いましたね》
ミュージシャンで、フェミニズムの同志。先行き不明のコロナ禍に交わされたイ・ランとスリークふたりの往復書簡。

猫と暮らすこと、妊娠する身体、憂鬱な心の話を分かち合い、ヴィーガニズムや反トランスジェンダー差別を語り合う。私的なことと社会的なこと、共感と対話のあいだを行き来しながら紡がれる優しくゆたかな言葉たちは、あたらしい距離を測りつづけている。

まぼろしの枇杷の葉蔭で

祖母、葛原妙子の思い出　　金子冬実

本体1,600円＋税　978-4-86385-590-8

おばあちゃんとのことについて、色々な人が色々なことを言っているだろう。あれはみんな違うんだよ

「幻視の女王」とも評された、戦後短歌史を代表する歌人、葛原妙子。彼女には家族にしか見せなかった別の姿があった——。チャーミングで愛おしい、「異形の歌人」の横顔。

現代詩ラ・メールがあった頃

1983.7.1 — 1993.4.1　　棚沢永子

本体2,000円＋税　978-4-86385-585-4

今から40年前、ふたりの女性詩人が男性主導の文芸シーンに一石を投じるべく立ち上がった。
新川和江・吉原幸子責任編集「現代詩ラ・メール」の創刊である。

女性による女性のための詩誌創刊。女たちの発表の場を作り出し、また新人たちを発見しはぐくみながら、詩の大海原を航海し続けた10年間。笑いあり、涙あり、事件あり。ここで語られる数多の出来事は、単なる過去の思い出話ではない。現代にも繋がる熱きシスターフッドの物語である。

寺山修司　彼と私の物語

——九條今日子の告白　　青目海

本体1,900円＋税　978-4-86385-584-7

「青目……寺山のこと、好きだった？」

恋人、元妻、師、同志として、生涯を寺山修司のパートナーであり続けた九條今日子が、晩年に再会した著者にだけ開いて見せた思い出の小箱。誰にも見せることのなかった寺山の素顔に胸打たれる。元天井桟敷の著者が綴る今は亡き九條今日子と寺山修司の物語。

ミステリ映像の最前線　原作と映像の交叉光線《クロスライト》

千街晶之

本体2,300円＋税　978-4-86385-582-3

ミステリが映像化される際、何のために、
どのように改変されるのか。

アガサ・クリスティー、東野圭吾、横溝正史など、名作とその映像化のもたらす化学反応の面白さ。その秘められた意図とは？

オリエント急行殺人事件／屍人荘の殺人／女子高生に殺されたい／探偵はBARにいる／キングスマン／お嬢さん／サスペリア／ナイトメア・アリー　など

post card

恐れ入りますが、切手をお貼りください

810-0041

福岡市中央区大名2-8-18
天神パークビル501

書肆侃侃房 行

フリガナ

お名前　　　　男・女　年齢　　　歳

ご住所　〒

TEL(　　　)　　　ご職業

e-mail：

※新刊・イベント情報などお届けすることがあります。　不要な場合は、チェックをお願いします→□
　著者や翻訳者に連絡先をお伝えすることがあります。　不可の場合は、チェックをお願いします→□

□注文申込書　このはがきでご注文いただいた方は、**送料をサービス**させていただきます。
※本の代金のお支払いは、本の到着後１週間以内にお願いします。

本のタイトル	冊
本のタイトル	冊
本のタイトル	冊

愛読者カード

□本書のタイトル

□購入された書店

□本書をお知りになったきっかけ

□ご感想や著者へのメッセージなどご自由にお書きください

※お客様の声をHPや広告などに匿名で掲載させていただくことがありますので、ご了承ください。

◀こちらから感想を送ることが可能です。

書肆侃侃房　http://www.kankanbou.com　info@kankanbou.com

koro　榊原紘

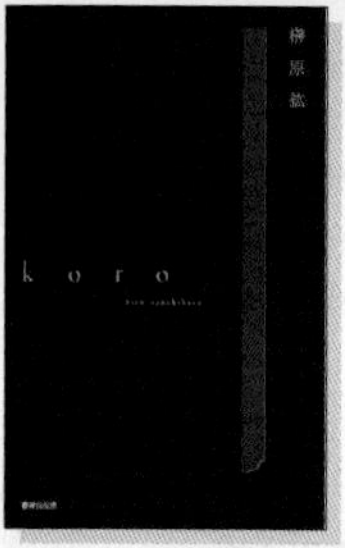

本体2,100円＋税　978-4-86385-588-5

眼の奥に錆びた秤が一つあり泣けばわずかに揺れる音する

『悪友』で熱烈な支持を集める著者の、無二の進化を遂げた渾身の第二歌集。

銀漢に表裏があれば手触りは違うのだろう　指輪を外す
百合のように俯き帽子脱ぐときに胸に迫りぬ破約の歴史
ボトルシップの底に小さな海がある　語彙がないから恋になるだけ
ヘアバームのくらいにおいだ泣くのなら最初の一粒から見ていたい

前川佐美雄歌集　前川佐美雄／三枝昻之編

本体2,400円＋税　978-4-86385-589-2

いますぐに君はこの街に放火せよその焔《ひ》の何んとうつくしからむ

生誕120年！　塚本邦雄、山中智恵子の師であり、「現代短歌の発端」として比類なき歌を紡いだ歌人・前川佐美雄。代表歌集『植物祭』『大和』を完本で収録、前川佐美雄の短歌世界を見渡せる1600首。

春がすみいよよ濃くなる眞晝間のなにも見えねば大和と思へ
火の如くなりてわが行く枯野原二月の雲雀身ぬちに入れぬ

ユニヴェール20　流　桜川冴子

本体2,100円＋税　978-4-86385-594-6

水俣を離れ続けてほーれ、ほう流民の舟にあれば歌へり

流――水俣を離れて50年。
ふるさとの家はなお水俣にありて歌い続ける著者のこれまでの5冊の歌集から抄出した選歌集

頼りない湯豆腐のような君なれば生姜のように座ってあげる
沈黙の会議はつづく　微笑みてをれど開かぬモナリザの唇《くち》
大宇宙つくり給へる手を想ふまつ白な雪を転がしながら

精神の生活　クリスティン・スモールウッド　佐藤直子訳

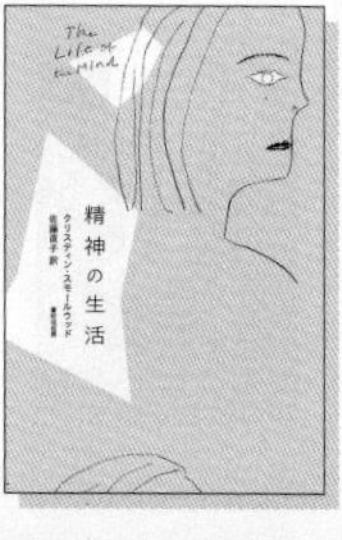

本体2,100円＋税　978-4-86385-587-8

このままならない身体とのつきあい方を、誰も教えてくれない。トイレの個室で不安をひとり抱きしめているひとがいる。そこで何が起こっているか、あなたは本当に知っているだろうか。
――永井玲衣（哲学研究者／『水中の哲学者たち』）

この痛みを何と呼んだらいいのか？　「流産」というテーマを克明かつ赤裸々に描いた傑作小説。

ろじゃないか。

聖週間《セマナサンタ》が終わり、五月になるころにはネットでの騒動も一段落ついていた。不整脈のように一瞬だけ伸びた閲覧回数は墓場のような静けさを取り戻し、フォロワーは井戸に落ちるつるべのように減っていった。それがせめてもの救いだった。もし世界がこのままぼくたちをほうっておいてくれるなら、それがぼくたちがやったことに対する世界の審判なんだ。

さらにタマウリパス州のコリード楽団に対する殺害予告が出るにいたっては、移り気なネット民たちはすっかり〈モップと洗剤〉に対する関心を失った。歌のなかで実在する麻薬組織をコケにしたのが運の尽きだった。殺害予告が出た一週間後には楽団の四人が四人とも殺され、彼らがこの世に生きた痕跡といったらユーチューブに残された歌だけだった……

五月の最後の火曜日、ベニートはチャパラ湖にほど近い蒸留所へ挨拶に出かけた。

テキーラ造りについてはひととおり知っていたが、本格的に自分のブランドを立ち上げてみたいと思ったのである。あのCRTの男の言うとおりだ。このまま父親の畑で働いていたって、どこへもたどり着けやしない。

「だったら」と父親が言った。「おれの知り合いのところで修業してみるか?」

「でも、うちの畑は?」ベニートはおずおずと尋ねた。「ぼくがいなくて大丈夫かな」

「若い馬がロバみたいな生き方に縛られるんじゃない。走りだすときがきたらまえだけを向いて走ればいいんだ」

父親がぶっきらぼうにそう言うと、母親が誇らしげに息子を抱きしめて両頬にキスをしてくれた。そんなわけで、ベニートは洗いざらしのブルージーンズにぴかぴかに磨きあげたカウボーイブーツを履き、パリッとした白いシャツに白いカウボーイハットをかぶり、ビセンテのピックアップトラックで目的地まで送ってもらったのだった。車を降りるとき、ビセンテに呼び止められた。「そろそろ動きだす頃合いだったんだ。がんばれよ、兄弟」

「良い樹に寄りかかれば良い木陰におおわれる」そう言って、手を差し出してきた。

その言外の意味をベニートはしっかりと受け止めた。SNSは良い樹ではなかった。ネットでは誰もが良い樹のふりをするけれど、まったくそうではなかったのだ。ベニートは頷き、ふたりは握手をして別れた。

父親の古い友達だというドン・フランシスコは黒々とした口髭をたくわえ、むかし学校で習った独裁者のポルフィリオ・ディアスにそっくりだった。ふたりの息子といっしょに切り盛りしているこぢんまりとした蒸留所は機能的で、清潔だった。ドン・フランシスコはむかしながらの酒造りにこだわった。有機栽培の竜舌蘭しか使わず、ピニャを加熱するのもむかしながらの煉瓦製のオーブンで、蒸し上がったピニャを挽きつぶすのはもっぱらロバの仕事だった。発酵促進剤を軽蔑しており、自家製の培養酵母だけを使い、三日もかけてじっくり搾汁を発酵させる。二基の単式蒸留器はいつも白い蒸気を噴いていた。

「手間も時間もかかるが、それが酒造りというものだ」蒸留所を案内しながら、ドン・フランシスコは厳めしい顔で言った。「酒を飲めば、それを造ったのがどんな人間かがわかる」

ベニートは頷いた。

「息子たちはインターネットで宣伝しようと言う。もっと多くの人に酒を飲んでもらおうとな」

そのふたりの息子はといえば、すこし離れたところでスマホをいじっている。

「なぜそんな必要がある？」そちらを一瞥してから、ドン・フランシスコはつづけた。「いまのままでも食べていけるし、自分の馬で行ける範囲がわたしの世界のすべてだというのに」

ベニートは泣きたくなった。酒の味見をするための牛角杯《クエルニート》を腰に吊り下げたドン・フランシスコは威風堂々としており、余計なものにつけ入られない強靱なたたずまいをしていた。こんな男たちにしてみれば、と思った。SNSなんて舌先三寸のペテン師にすぎないんだろうな。

その夜、あてがわれた離れのゲストルームで本を読みながら、ひさしぶりに満ち足りた気分を味わった。

シーツは申し分なく清潔で、窓の外では夜の鳥が啼いている。風はあたたかで、竜舌蘭を蒸した甘い香りがそこはかとなく漂っていた。人生がようやく正しい軌道に乗ったような気がした。ソーシャルメディアに支配されることもなく、世界の耳目を気にする必要もない時間はすこしだけ退屈で、だけどありのままで、なんの気兼ねもなかった。

だから、ナイトテーブルに放り出したスマホが振動しても、いちいち確認する気になれなかった。枕を背中の下に差しこみ、ベッドの上でサリンジャーの小説を読みつづけた。

しかし新着メッセージを通知するバイブレーションがまるで長い列車のように連なってくると、さすがに気になりだした。ちらりとのぞいた画面に〈モップと洗剤〉の新規投稿がありますというメッセージを見つけるにいたっては、いったいなにが起こっているのかたしかめずにはいられなくなった。振動しつづけるスマホを手繰り寄せ、〈モップと洗剤〉のツイッター・アカウントを開く。

写真が二枚、アップされていた。一枚は暗くてよく見えず、もう一枚のほうにはビセンテが写っている。ふたりのアカウントなので、ビセンテが気晴らしに自撮りをアップしたってなんの不思議もない。が、血走った目を見開いたその顔はどう見ても自撮りなどではなく、しかもこんなメッセージが添えられていた。〈汚れたモップはどうすればいい？　おれの名前はビセンテ・セラーノ。今日、おれは死んでしまった〉。

二枚目をタップしたとたん、息を呑んだ。目にしたものが信じられず、なにかの冗談だとしか思えなかった。そうでなければ説明がつかない。心臓が早鐘を打ち、吐き気が込み上げてくる。手が震え、全身の毛穴から汗が噴き出した。

画面いっぱいに現われたのは眉間を撃ち抜かれたビセンテと、〈つぎは洗剤くんに会いに行く〉という短いメッセージだった。

気が狂ったようにコメントが飛び交っていた。自業自得、ルビオの逆襲、身バレ、アカウント乗っ取りといった単語、髑髏や十字架やマリア様の絵文字が機関銃のように乱舞している。リツイートの回数はまるで壊れたスロットマシーンのように止まる気配がなく、〈いいね！〉の数はとっくに成層圏を突き抜けていた。殴られすぎて麻痺してしまったボクサーのように、頭がうまく働かない。かろうじて理解できたのは、写真がアップされたのが五十分もまえということだけだった。

〈つぎは洗剤くんに会いに行く〉

感電したようにベッドから飛び下り、カーテンを引き開ける。馴染みのない夜の風景に、しばし途方に暮れた。自分はいま他郷にいるのだと気づいたとたん、体じゅうから力がどっと抜けた。魂まで抜けた。たすかった、と思った。緊張と弛緩のはざまで放心していると、また〈モップと洗剤〉のアカウントからメッセージが発信された。投稿された写真が自宅だと、すぐには理解できなかった。夜のなかで、ふたつの窓からあたたかな光が漏れている。庭のタマリンドの樹が黒く際立っていた。

〈洗剤くん、いますぐ出てきてくれなければ、こちらから行くよ〉

〈キターーーー！〉という雄叫びが画面からどっとあふれ出し、ベニートを打ち倒した。床にへたりこみ、ガクガクと体を震わせた。それからハッと思い至って、ビセンテのスマホに電話をかけた。すぐにつながった。

「やめてくれ！」開口一番、送話口に叫んだ。「ぼくはいまそこにいないんだ！」

返ってきたのは沈黙だけだった。

「お願いだ……こんなことはやめてくれ」立ち上がり、部屋のなかを行ったり来たりしながら懇願した。「あんたの家族を殺したのはぼくたちじゃない。ぼくはビセンテの手伝いをしただけだ……いいか、よく聞け、家族に手出ししたら誓っておまえを殺してやるからな……ねえ、ビセンテを殺したんならもういいだろ？　聞いてるか？　こんなことはぜんぜん必要じゃない。そもそもは十年前にあんたのほうが――」

　通話が切れた。

　ベニートは虎のように吠え、頭を掻きむしり、毒づきながら地団駄を踏んだ。父親に電話をかけたが、出ない。じりじりしながら母親にかけると、今度はつながった。

「母さん！」スマホに勢いこんだ。「父さんは⁉　ふたりとも早く逃げて！　母さん？　もしもし？　もしもし――」

　受話口から漏れる重いため息に、背筋が凍りつく。永遠かと思える沈黙のあとで、聞き覚えのない男の声が耳朶を打った。

「きみはこれから一生、自由の対価について考えることになる……そう、わたしのようにね」

　それだけだった。

　翻意を促す暇も、説得する隙も、情けを乞う余地すらなかった。通話が静かに切られ、ベニートは床に崩れ落ち、そしてつぎのメッセージが投稿された。

2

わたしはわたしで

1 犬の世話をする

元同僚の柴田里香《しばたりか》が大学教授の婚約者と手に手を取って北海道へ旅立ったのは、長梅雨の暗雲が低く垂れこめた六月の終わりごろだった。

翌日、わたしは愛宕浜《あたごはま》にある彼女のマンションに自転車で乗り付けた。

それは海辺に建つ、リゾート風の建物だった。海に面したエントランスに立って見上げると、植栽の椰子が潮風を受けてさわさわと揺れていた。ベランダにサーフボードを立てかけてあるお宅もちらほら。二面あるテニスコートでは日焼けした年寄りたちが、ラケットをふりまわしながらよたよたとボールを追いかけていた。

会社経営をしている柴田里香の父親が、経理上の複雑なカラクリを経て娘に毎月五十万円振り込んでいるという話を事前に聞いていなければ、とうてい納得できないほど立派な住まいだった。てゆーか、事前に聞いていても納得できない。とどのつまり、金か。先立つものがなければ、柴田里香みたいに屈託なく生きることすら叶わない。

部屋は五階の角にあって、合鍵を使って玄関扉を開けると、大理石の廊下の突き当たりがリビングルームになっていた。

わたしは財宝を見つけた海賊みたいに度肝を抜かれた。

石張りの壁に囲まれて、いきなりでんと鎮座ましましているのはモザイクタイル張りのアイランドキッチンだ。わたしの視線は大理石のダイニングテーブルから革張りのソファへ、巨大なテレビから松ぼっくりみたいなペンダントライトへ、さらにはインテリア雑誌でしか見たことがないような北欧風のフロアランプへと蜜蜂みたいにせわしなく飛びまわった。ボーッという霧笛《むてき》の音が聞こえてきたので恐る恐るカーテンを引き開けると、北に面した窓からは博多湾に浮かぶ能古島《のこのしま》を見晴るかすことができた。海には白いヨットまで浮かんでいる。

調度品は白を基調としたアンティークで統一されていて、ためしに柴田里香の白いソファにすわって猫脚のセンターテーブルに両足を投げ出してみると、モーツァルトが聴きたくなった。毛足の長い絨毯の手入れには掃除機よりも芝刈り機のほうがよさそうで（わたしが部屋に入ったときはお掃除ロボットがもぞもぞ動きまわっていた）、窓を開ければ気持ちのいい潮風が吹きこみ、観葉植物のウンベラータ——身長百五十六センチのわたしよりやや高いくらいの——や、ガジュマルを気怠く揺らめかせた。あるところにはあるもんだ。スマホがあれば事足りるこのご時世に、固定電話まであった。

さて、犬だ。

臆病な犬だと聞いていたけれど、柴田里香が飼っている雄のボストンテリアはお行儀のよい、人懐っこい子だった。初対面のわたしに対しても、お金持ちならではの屈託なさで接してくれた。つまりゴムまりのように突進してきて、撫でれ、さあ、撫でれと言わんばかりにごろんとひっくり返って腹を見せた。

レオナルドという名前で、柴田里香みたいな女に飼われているという事実をさっぴいても、充分に愛らしかった。

そもそもわたしがなんで柴田里香の留守中に、彼女の犬の面倒を見る羽目になったのかと言えば、ぶっちゃけ、新型コロナウイルスの蔓延によって失業してしまったせいである。

流行がはじまった当初、良識ある人たちは凍えそうな真冬にぶるぶる震えながら窓を開け放ち、焼けつくような真夏にマスクで顔をおおっては、犬みたいにゼエゼエ喘《あえ》いでいた。人と人との距離はじりじりと広がりをみせ、親しければ親しいほど、いっそう距離を置くことが常識となった。抱擁やキスは不用意どころか危険なものとみなされ、愛情を示すもっとも賢いやり方は誰にも会わないことだった。政府はわたしたちに家にいろ、外に出るなと言いながら、もっと旅をしろ、もっと楽しめとけしかけてもいた——あれからもう一年以上経つのに、いまでも感染者の増加と減少を繰り返しながら、わたしたちは同じ場所で足踏みをしている。

まるで神様が一時停止ボタンでも押したみたいに、なにもかもが止まってしまったままだ。なのに不況の水位だけはぐんぐん上がり、みんなを溺れさせつづけている。まわりにひとりの感染者も出なかったにもかかわらず、わたしの勤めていた会社もあっというまに水没してしまった。

たしかに吹けば飛ぶような、ちっぽけな広告代理店だった。いちばん大きな仕事といえば地元商店街の夏祭りの企画宣伝で、二〇二〇年の四月にはじめての緊急事態宣言が出されるや在宅勤務に切り替わり、しばらくするとあっさりつぶれてしまった。社員たちのあいだでは、博多祇園山笠の中止がいちばんの原因ということになっていた。

はじめのうち、わたしはどうにも腑に落ちなかった。当時の福岡の感染者数は、いまからでは考えられないけれど、ぜいぜい十数人レベルといったところだった。感染しても無症状の人や、軽症者もたくさんいた。変異種なんてまだ影も形もなかった。なのに東京オリンピックを延期するほど警戒しなければならないの？　あのころはコロナなんかより、テレビで観たマダニのほうがよっぽどやばかった。やつらは人間の体に頭から突っこんで、そのまま一週間でも二週間でも血を吸いつづけている！

はったり屋の新型コロナウイルスは姿も見せず、気配と進軍ラッパだけでわたしたちを降伏させてしまった（すくなくともわたしの勤めていた会社はさっさと白旗を揚げた）。わたしたちは外出を自粛し、会合を自粛し、移動を自粛した。たまに街へ出れば、自粛していない連中を秘密警察みたいに睨みつけた。

それでもなにかを新しくはじめるきっかけはたくさんあったけれど、なにかをあきらめるきっかけのほうはもっとたくさんあった。


柴田里香の家に通いだして一週間も経つころには、このままレオナルドをかどわかして地の涯《はて》まで逃げてしまいたいという誘惑に駆られるようになった。犬がこんなにも可愛いとは思いもしなかった。どうりでみんな犬を飼うわけだ。

まるで我が子を見守るように、わたしはレオナルドを見守った。散歩ちゅうにほかの犬と戯れる彼を見守るとき、わたしの胸に満ちていたのは紛うことなき母性愛だった。わたしは恋人に尽くすようにレオ様に尽くした。彼が無防備に腹をさらけ出してくれたときに得られる、あの混《まじ》りけのない肯定感ときたら！　黄昏の海辺をいっしょに歩いているだけで、なにもかも報われたような、そんな満ち足りた気持ちになれた。

とめどなく溢れる愛情とは裏腹に、胸を締めつけてくる鈍い痛みも感じていた。可愛いレオ様をけっして自分のものにはできないこのもどかしさ。どんなに尽くしても、愛しても、彼はほかの女のものなのだ。そして気がつけば、浜辺で遊ぶレオナルドを透かして、矢《や》次凌《つぐりょう》を見ていることがあった。

会社勤めをしていたころ、わたしは同僚たちが苦手だった。彼らはいつも活力に満ちていて、人生に対して屈託がなく、どんなときでもうまく笑うことができる。そのことに、わたしはいつも驚かされた。

仕事でもプライベートでも、彼らはのべつ笑っていた。笑いどころなどなさそうなときでも、よくとおる声でハッハハッハと笑う。笑うことは彼らのアイデンティティの大部分を占めているようだった。

声が大きくて魅力的に笑える人は仕事もよくできた。ついでに歯も白けりゃ言うことなし。彼らは笑うことで仕事を取り、笑うことで恋愛の種を蒔き、笑うことでなにもかもチャラにした。

オンラインで打ち合わせをしたと言っては笑い、クライアントと直接会って打ち合わせをしたと言っては笑った。

ユーチューブで誰某の動画を観たと言っては笑い、ユーチューブで誰某の動画を観なかったと言っても笑った。

どこそこの店は混雑していると言っては笑い、どこそこの店はもうつぶれそうだと言っても、もちろん笑わずにはいられなかった。

わたしはむかしから笑うことが苦手だった。そのせいで大人たちからは可愛げのない子供だと思われていたにちがいない。わたしを取り巻くすべてがなにか大事なことを笑顔の下に押し隠しているようで、それが空恐ろしかった。誰かに声をかけられても、頷いたり首を横にふったりするのが精一杯だった。たったそれだけのことでも、かなりの勇気を要した。笑うなんてとんでもない。

父はときどき母に暴力をふるったが、顔に青痣をこしらえ、目に涙をいっぱい溜めた母がそれでも笑おうとしているのを見るにつけ、笑うという行為に底知れない恐怖を感じた。世界は笑顔の仮面をかぶった人で溢れている。そんなふうに思った。父に張り飛ばされた母が、切れた唇で笑いながらわたしにこう言った。女の子はどんなときでも笑っとればいいの。笑っとればそのうち幸せのほうがあんたを見つけてくれるけんね。母に笑いかけられると、その笑顔にぺろりと顔を舐められたような気がしたものだ。

もし母の言ったことが本当だとしたら、笑顔とは擬似餌《ぎじえ》のようなもので、幸せはその擬似餌に食いつくバカな魚みたいじゃないか。実際、母の擬似餌にたぶらかされたバカな魚が何匹もいたようで、わたしが高校二年生のとき、母はそのうちの一匹といっしょに家を出てしまった。

父はといえば、黙って酒を飲んだ。それでも、わたしに手を上げるようなことは一度もなかった。酔っぱらえば、ほかの誰よりも白紙のように無表情なわたしのほうが正直者なのだと言った。おまえはそのまんまでいいとだけけんな、朱里《あかり》。大学進学のために福岡へと出立する朝、父はそう言ってわたしを送り出してくれた。ありのままの自分で幸せになれんかったら、そりゃもうめぐり合わせが悪かったと思ってあきらめれ。

わたしはうわの空で頷き、電車の時間を気にしながら家を出た。新しい街への期待と不安で、胸をサンタクロースのプレゼント袋みたいにふくらませて。がんばれよ、朱里。父の声が追いかけてきた。おまえはそのまんまでいいとだけけんな。

しかし二十歳そこそこの小娘にとっては幸せをあきらめるよりも、自分を偽るほうがずっと簡単だった。都会で暮らすうちに、いつしかわたしもありのままの自分を偽るために笑うようになっていった。自分を偽ることとあきらめることがじつは同じコインの裏表だなんて、思いもしなかった。

わたしはどこそこの店のランチが美味しいと言っては笑い、どこそこの店のランチが不味いと言っては笑った。

クライアントが男だと笑い、女だとしても笑った。

仕事がうまくいって上司に褒められれば笑ったし、下手を打って叱られてもやっぱりペロリと舌を出して笑った。

笑うか、さもなくば死だ。幸いにして、このSNSの時代はずっとわたしたちに笑う訓練を課してきた。メールでもLINEでも文章のあとに「笑」さえつければ万事大吉、わたしたちは「笑」をどんどん食べつづけるパックマンだ。まるでフォアグラにされるアヒルみたいに、「笑」で胃袋がはちきれそうになっている。

先日の見積もりが間違っていました（笑）

もうふたりで会うのはむずかしいと思います（笑）

ぜんぜん面白くありません（笑）

「笑」のなんと偉大なことか！　その一文字で人間関係が円滑になり、その一文字をつけ忘れたがために身を滅ぼす。もはや現実とＳＮＳの境界線はかぎりなく消えかけている。いかなる言い訳も通用しない。ひとつでもつまずけば、たちまちナイフを持った手がＳＮＳの彼方から伸びてくる。

そんなわけで、わたしはどんなときでも一生懸命笑った。三年付き合った先輩の矢次凌も堂々と笑う人だったので、わたしの笑い方も知らず知らずのうちに深みをおびていった。この場合の深みとは、曖昧とほとんど同義である。

彼といっしょにいるときはずっと笑っていたし、きみが笑ってくれるとホッとすると言われればもっと笑った。妻と別れる気はないと言われては笑い、裸体の写真を撮らせてほしいと言われては笑い、人がいつ来るかわからない給湯室で硬くなった下半身を押し付けられては笑い、こんなことしてちゃいけない、きみはもっときみにふさわしい人を見つけるべきだと突き放されては笑い、その舌の根も乾かないうちに体をまさぐられては笑って受け入れた。

これでは自尊心など保てるわけがない。

わたしは疲労困憊していたので、コロナのせいで会社の経営が立ち行かなくなったときは先のことを思い煩って暗澹《あんたん》とするよりも、むしろ人心地つけた気分だった。神様がもう無理をして笑わなくてもいいんだよと言ってくれた。そんなふうに思った。曖昧な別れの言葉をＬＩＮＥで送ると、ほとんど同じ文面のメッセージが矢次から返ってきた。

〈そだね、これからは友達ということで（笑）〉

博多湾を渡る心地よい潮風に吹かれ、ひんやりとした大理石の床にひっくり返ったレオナルドの腹を掻きながら、わたしはわたしをこの家へ連れてきたあれやこれやをぼんやりとふり返った……

2　就活に打ちのめされる

大学の四年間で文学を学び、いつかは自分でも小説を書いてみたいと憧れつつ、その最初の一歩をついぞ踏み出せないまま、ずるずると三十過ぎまで惰性で働いてきた。

退職金（スズメの涙程度）は出たし、十年間の勤務で多少の蓄え（スズメのおしっこ程度）もある。コロナのせいとはいえ会社都合での離職だから、失業保険だってすぐに下りた。

これを機に一念発起して、わたしは小説を書いてみることにした。いまこそやらなきゃ嘘だ。それは二〇二〇年、地獄のように蒸し暑い夏の夜の夢だった。アイデアならある。ある夜、部屋でラジオを聴いていたときに降って湧いた。

——太郎と花子は夫婦です。ある日、太郎が川向うで仕事をしていると、洪水で橋が流されてしまいました。橋はそれひとつきりで、川は深く、泳いで渡ることもできません。花子は夫の太郎のことが心配で、どうにかして川を渡りたいと思っていました。そこへ船を持っている次郎にこう持ちかけられました。おれが川を渡してやる、そのかわりおれに抱かれろ。花子は悩みますが、あまりにも太郎のことが心配なので、次郎の提案を受け入れて川を渡ることにしました。花子は歯を食いしばり、涙をこらえながら次郎に抱かれます。次郎は約束を守り、花子を向こう岸へと連れていきます。さて、川を渡った花子はとうとう太郎を捜し当てます。太郎は無事で、花子が危険を冒して自分を捜しに来てくれたことに感激しますが、それも花子が正直に次郎とのことを打ち明けるまでです。自分の妻がほかの男に抱かれたことを知った太郎は激怒し、なんと花子と離婚してしまいます。花子は嘆き悲しみますが、そこへ三郎がやってきて花子への愛を打ち明けます。

ぼくはずっとあなたが好きでした。一途な三郎の想いにほだされた花子は、三郎のプロポーズを受け入れます——さあ、花子、太郎、次郎、三郎を嫌いな順にならべてください。

この心理テストに登場するやつらを動物に置き換えてみたらどうだろう？　その閃きに、わたしの全身は興奮に打ち震えた。これって寓意像《アレゴリー》じゃないか！

次郎が狡猾なキツネであることは議論の余地がない。じゃあ、太郎は？　太郎は愚直な犬だ。バカっぽい花子はコアラにしよう。三郎は……という具合にあれこれ物語をこねくりまわし、イソップにでもなったつもりで意匠を凝らしまくった。

ちなみにわたしは太郎、次郎、花子、三郎の順で嫌いだった。真剣かつ公平に考えて太郎のような鼻くそにはひどい天罰がくだるべきだし、次郎のようなダニなんかに本当の幸せなど摑めるはずもなく、花子はただの頭の悪い女で、包茎野郎の三郎は生きようが死のうがどうでもいい。

二カ月ほどなにもせず、ひねもすパソコンのまえで粘ってみた。過去に書き溜めたアイデア帳をめくってみたり、大学の卒論でも取り上げた作家たちの本を読み返したりした。それでわかったことは、わたしにとって小説とは読むもので、けっして書くものではないということだった。骨折り損のくたびれ儲けで、箸にも棒にもかからない短篇をひとつ書いただけで音をあげてしまった。

苦労して書きあげたものを読み返してみて愕然とした。ひと言で言って、クソだった。そのクソをさっさと削除せず、それどころかいつかなにかで使えるかもしれないと新しいフォルダーに仕舞いこむ自分の未練たらしさはクソ以下だった。

わたしは自分の才能のなさに打ちのめされ、いまさらながら職を失ってしまったことに戦慄した。お先真っ暗だ。おろおろと預金通帳をひっぱり出して穴が開くほど睨みつけてみたけれど、ほんの数カ月前には楽観視できた数字が、にわかに黙示録的様相を呈していた。

そこでなんの腹の足しにもならない真夏の夜の夢はいったん脇に措《お》いといて、翌日から足繁くハローワークにかよいつめた。会社がつぶれて離職票を出しに行ったときも混雑していたが、ハロワはいまや野戦病院さながらにごった返していた。延々と待たされたあげく、ようやく窓口にたどり着いて希望職種を告げると、係員の男性が申し訳なさそうにこう言った。

「広告関係ですか……こんな時代ですから、いまはどこも広告を手控えているんですよ」

誰が触ったかわかったもんじゃないハロワのパソコンを使う気にはなれないので、自分のスマホで求人情報を検索した。なかなか思うような仕事は見つからなかった。泣く泣く条件面を切り下げ、ハロワに紹介状を出してもらい、なに、ほんのしばらくの辛抱だ、コロナが終息したらまた転職すればいいやと自分に言い聞かせて面接に臨んでも、そんな料簡ではうまくいくものもうまくいかなかった。なにヘラヘラしてんの、きみはうちの会社をなめてるよねと面接官に咎められたりした。

わたしなりに真剣に考えたあげく、笑顔に心がこもっていないことに敗因を求めた。この就職難の時代には、笑顔の質に対する要求だってかつてないほど高まっている。皮相的な笑顔じゃだめだ。相手の心をとろけさせる感じのいい笑顔こそ、コロナの時代の新しい履歴書なのだ。

とりあえずアパートの住人やコンビニの店員にきちんと挨拶をするところからはじめた。大事なのは日頃の心掛けだ。熟練した面接官なら、きっとそこを見ているにちがいない。

こんにちは！

ありがとうございます！

お先にどうぞ！

わたしがにこやかに挨拶をすると、誰もが目を白黒させた。こちらがどんなに心をこめて挨拶しても、頑《かたく》なにシカトを決めこむ人もいた。わたしはそういう人たちを同情してやることにした。降っても照っても挨拶をしつづけた。気持ちがくじけそうになると、『イチロー　262のメッセージ』を声に出して読んだ。

わたしが小説にうつつを抜かしているあいだにも、新型コロナウイルスは土足で日本じゅうを踏み荒らしていた。やつらは気の向くまま風の吹くまま、行きたいところへはどこへでも顔を出した。劇場、ホストクラブ、居酒屋、老人ホーム、小学校。そのせいで有名店が面白いようにつぶれ、芸能人が離婚したり自殺したりしていた。

不採用の連絡を受けるたびに、こんな不公平な話があるかと枕を殴りつけた。こちらがここまで条件を切り下げているのに、相手はもっと値切ってくる。自分自身の値打ちが日々目減りしていくのを目の当たりにしたわたしは、よりいっそう笑顔に磨きをかけた。鏡のまえで何時間も練習した。そんな涙ぐましい努力にもかかわらず、面接はことごとく不首尾に終わり、わたしが得たものといえばすり減ったローファーの踵と傷ついたプライドだけだった。失業を機に小説に愛情を傾けるどころか、自分自身に対する愛情さえも失いかけていた。

セルバンテスの言葉を噛みしめずにはいられない。愛の最大の敵は腹が空くこと。つらい現実が文学に対するわたしの理解を深めつつあった。もちろん、そのころのわたしにはそんなこと知る由もなかったのだけれど。

不採用に次ぐ不採用で、わたしは打ちひしがれた。
心《しん》から堪《こた》えた。わたしの値崩れが止まらない。怒りと恥辱で四六時中体が火照るので、九月に入ってもガンガンにクーラーを効かせ、頭からタオルケットをひっかぶり、膝を抱えてガクガク震えながら孤独に耐えた。

孤独すぎて、コンビニへ行ったときたまたま街頭演説をしていた右翼の聞くに堪えないヘイトスピーチを最後までぼうっと聞いてしまったほどだ。車体に香港民主化だの尖閣諸島だのと書かれた横断幕を張ったワゴン車のまえで、痩せっぽちの老人がマスクもつけず、ワイヤレスマイクに飛沫を浴びせながらわめいていた。

足を止める人はほとんどいなかったけれど、まったくいないわけでもなかった。そういう人たちは老右翼の話に頷いたり、失笑を漏らしたりしていた。

わたしもこの老人のように後先考えず、他人の目なんかくそ食らえで怒りを自在に爆発させることができたらよかったのに。わたしを採用しようとしない面接官につきまとって嫌がらせをするとか、ヒ素入りのジュースを差し入れるとか。いっそのこと包丁でひと突きするとか。血を流して命乞いをするあの虫けらどもの哀れな姿を想像しただけで、呼吸がすこし楽になった。

おだやかな秋の陽射しを受けて、我らが怒れる老人は金色に輝いて見えた。色づいた銀杏《いちょう》の葉が、はらはらと舞っていた。

内容はよく理解できなかったけれど、老人が中国共産党をくそみそにけなしていることだけはよく伝わってきた。

結論から言えば、孤軍奮闘する彼の演説を聞くことができてよかった。あの痩せっぽちの老人はわたし自身だ。そんなふうに思った。自分ひとりの力ではどうにもならない事柄に腹を立てていて、自分ひとりの力ではどうにもならない事柄に腹を立てすぎると、人間、最終的にはああなってしまう。そのことに気づかせてくれた。わたしはこの人より幸せだ。わたしは不倫もしたし失業もしているけれど、まだ手遅れじゃない。そうだとも。

「このままでは、日本はだめです！　見て見ぬふりはいけません！　先日、未来のわたしだと名乗る方からお電話をいただきました。驚いたことに、わたしの声ととてもよく似た声の持ち主でした。未来のわたしが現在のわたしにこう言ったのです。あなたの考えは間違っていません、コロナウイルスは香港の民主化を妨害しようと目論む中国共産党によるバイオテロリズムなのです！」

わたしのまえで演説を聞いていたサラリーマンがその場でずっこけた。それを潮に、まばらだった聴衆が溜め息をつきながら立ち去っていく。いつまでもぐずぐず居残っていたのは、わたしひとりだけだった。それを見て老人が頷きかけてきたので、こちらも思わず頷き返してしまった。すると握手を求めてきたので、わたしは走って家に逃げ帰った。

ひょっとして、わたしのほうに問題があるの？

人としての料簡がなってないから、右翼にしか相手にされないのかしら？

藁にもすがる思いで、かつての不倫相手に連絡までしてしまった。あまり期待していなかったが、矢次凌からは思いのほか早くＬＩＮＥの返事がとどいた。

わたしたちは近況を伝えあった。

まえの会社がつぶれたあと、矢次はすぐに同業種の会社に再就職した。でもその会社に感染者が出たので、このひと月ほどは在宅勤務を余儀なくされているとのことだった。わたしは自分の不甲斐なさを呪い、はらはらと涙を流した。すると渥美清が「何か困っていることはございませんか？」と言っているスタンプが送られてきた。わたしは堰《せき》を切ったように、ままならない現実のあれやこれやをぶちまけた。どいつもこいつもなにもわかっちゃいない、あいつらにわたしは宝の持ち腐れだ、いまに見ていろ、うんぬんかんぬん。

〈そんなに自分を責めるな〉矢次はそう言ってくれた。〈いまはみんなたいへんな思いをしてるよ〉

〈そだね〉わたしは素直に聞き入れた。

〈ごめんね、愚痴ってばっかで〉

〈心が弱ってふだんどおりにいかないときは、せめてふだんどおりにふるまうといい〉

ああ、やっぱりこの人とは合う。

〈ちゃんと食って、寝て、働いて、誰かと会って。考え過ぎるな。自分を甘えさせろ〉さらに、

〈そうやって取り繕ってるうちに、いつのまにかふだんの自分が帰ってくる〉

何気ないひと言に癒される。

気分が晴れていくのがわかる。、

会社が倒産したくらいで、わたしはどうして彼と別れようと思ったのだろう？　これから厳しい季節が待っていると知っていたのに、なぜせっかく手に入れたぬくもりをみすみす手放してしまったのだろう？　不倫だってかまわないじゃないか。トルストイが『アンナ・カレーニナ』で描いたように、障害だけが愛を証明する唯一のものさしなのだから。彼の体の細部や手つきが思い出され

て、腰がじんと痺れた。そうか、いまは甘えてもいいのか。

〈いまどうしてるの？〉そんなことを書いてはまた消す。〈奥さんとはうまくいってるの？〉なんて書けるはずもない。〈たまには電話でもしてよ〉これくらいならいいかな。逡巡しているうちに、彼からのメッセージがとどく。

〈いまどうしてるの？〉

　心臓がどきりと跳ねた。

〈つまり最近は、という意味だけど〉

　ふだんどおりのわたしなら、どう返事をするだろう。〈ひとりでいるよ〉〈暇してるよ〉〈慰めてくれる人を探してるよ〉——まったくもう、どう書いても彼という魚を釣るための餌じゃないか。未練と期待が透けて見えてしまう。そう思ってうんざりするのと同時に、なにかが胸の奥でのたくるような不安を覚えた。

　そのぬめぬめした不穏な閃きのせいで、しばし息ができなかった。背中を冷たい汗が流れ落ちる。ふだんどおりのわたしがどんなだか、彼はよく知っている。わたしは優柔不断で、いつも正当に評価されないことに腹を立ててるくせに顔では笑ってて、お世辞一歩手前の過大評価こそが自分にふさわしいと思ってる……

　そしてふだんどおりの矢次がどんなだったか、わたしはよく知っている。彼は大人で、へりくだる術と効用をちゃんと知っていて、他人を持ち上げることで逆に自分の優位を示す余裕を持っている。だからこそ、彼には中毒性がある。そして、彼にとってはなにもかもがお遊びだ。奥さんや子供以外のすべてが遊びだった。

　家族は大事だけど、大事なものを守るのは骨が折れる。いつかそう言っていた。遊びがあるから、男はまともでいられるんだよ。

　だとしたら、いまだって遊んでいるのかもしれない。矢次のメッセージを読み返してみると、その言葉のひとつひとつにわたしを釣り上げるための針が巧妙に忍ばせてあった。もう一度釣り上げて、思うさま遊ぶための針が。それとも、ただの思い過ごしだろうか。

〈なんで？〉と書いて送ったら、即座に〈ひさしぶりにメシでもどうかな〉と返ってきた。

　胸がふさがって泣きそうになった。執着すらしていない女をもう一度釣って、いったいなにをしようというのだろう。自分にはまだ釣る力があることをたしかめたいのか？　そんな男にすがって、わたしはいったいどうしたいのだろう。自分を釣るためにちゃんと餌を撒いてくれる男がまだいることをたしかめたいのか？

　わたしは可愛らしい「ありがとう」のスタンプを送った。それから、こう書いた。

〈ごめんね、別れた女にまで気を使わせちゃって〉涙がどんどん目から溢れた。〈あなたもいまは甘えていい時期なんだね〉

〈いまは誰でもね。ふだんとおりのやつなんている？〉

〈そだね〉

〈モラトリアムだよ。コロナモラトリアム〉

〈ワクチンができるまではね〉

〈じゃあ、どうする？〉

〈ありがと〉とわたしは書き、愛らしいスタンプといっしょに送った。〈でも、別れた男にゃ未練はないぜ（笑）〉

〈え？　無理ってこと？〉

それに対して、わたしは返事をしなかった。スマホをテーブルに伏せ、したたり落ちる鼻水を盛大にかむと、目のあたりが熱くなってこめかみがぎゅっと締めつけられた。

「ざけんなよ……」強がりですらどうにも情けなくて、それが新しい涙を誘った。

「けっきょくやりたいだけかよ」

わたしはめそめそ泣いた。ＬＩＮＥで伝えることができるのは、けっきょくＬＩＮＥで伝えれば済むことだけなのだ。

しばらくして、スタンプがひとつぽんっと届いた。画面に寅さんがあらわれて、「あばよ！」と言って笑っていた。

彼のこういうところが好きだったんだな。深刻ぶらないところが。そして、まさにこういうところに不安を感じてもいた。いつも解釈と選択をわたしに委ねるところに。自分ではけっして責任を負おうとしないところに。おれは嘘をついてないよ、決めたのはきみ自身だろ？

付き合っていた三年間、わたしたちは一度も喧嘩をしなかった。彼はいつもやさしかった。いつも譲ってくれた。わたしたちには楽しい時間しかなかった。わたしはそれがなにかを証明していると思った。契約を超えた、法律に縛られないなにか大切なもの、彼が自分の奥さんにはけっして見出せないなにかを。彼は誰に対してもやさしく、礼儀正しくふるまった。店の店員が粗相をしても、笑って許してあげることができた。

たぶん、どうでもよかったのだ。

泣き疲れて眠ってしまうまで泣いた。もはやなんのために泣いているのかすらわからなかった。わたしは泣いて、泣いて、眠って、起きてまたすこし泣いて、それから身支度を整えて仕事探しに出かけた。

なんの進展もないまま、時間だけがいたずらに過ぎていった。

面接のたびに人格を根底から否定されてのたうちまわるわたしをよそに、コロナなにするものぞ、来るなら来てみろ、という横着な態度を取っていたドナルド・トランプとメラニアが感染した。あのころ、トランプはコロナを広めた元凶として中国を名指しで非難していたので、北京の街頭インタビューでは誰もが親指を立て、異口同音に「ざまあみろ」と言っていた。

コロナ禍のただなかにある日本経済は聞きしに勝る厳しさだった。就活冬の時代とはよく言ったものだ。まだ十月だというのに、どこの面接でも冬のシベリア並みの風当たりだった。門前払いとほぼ変わらない扱いを受けるのはもはやましなほうで、はなはだしいところでは面接にかこつけたセクハラが横行していた。

彼氏はいるの？

お酒は好き？

人事の内部資料を見せるからうちにおいでよ。

二次面接は明日の夜九時にどこそこのカラオケボックスでどうかな？

いったいなぜ？　溜め息を禁じ得ない。もしわたしがいまの会話を録音していたら、こいつらはどうするつもりなんだろう？　彼らはこう思っている。若い女はバカだからやれるし、年増はあとがないからすぐやれる。たとえこいつとやれなくてもなんの問題もない。明日になればやれる女が面接に来るかもしれない。金で女を買うのは簡単だけど、それじゃ風情がない。

たしかに夜の九時に、カラオケくんだりまで二次面接を受けに出かけていくわたしもわたしだ。正気とは思えない。だけど、知ってほしい。働く気があるのに仕事がないというのは飢餓状態にも似ていて、食糧があるかもしれないところを素通りするのはとても難しい。それに、もしカラオケに誘い出されたわたしが悪いというのなら、それはミニスカートを穿いているからレイプされてもしかたがないという理論と同じではないか。自分の身は自分で守らねばならない。それはわかっている。それでも、ときにはリスクを承知で動かなければ、どうにもならないことがあるのだ。

いいだろう。認めよう。わたしはそのリスクを見誤った。個室とはいえ、たかがカラオケと高をくくっていた。相手がいくら破廉恥でも、カラオケボックスなんかでいったいなにができる？

そのIT企業の面接官は最初、肩を抱いてきた。そんなこともあるだろう。べつに減るもんでもない。わたしは気づかないふりをして、Coccoの「強く儚い者たち」を歌いつづけた。

つぎに偶然を装って胸に触れてきた。カスタネットを打ち鳴らすときに、楽しすぎてうっかり手の甲が当たってしまいました、テヘ、というふうに。まあ、そんなことだってあるある。わたしは身をよじり、あいみょんの「マリーゴールド」を歌いながら、憐れむような目を彼に向けた。わかっている、わざとじゃないんだろ、でもおまえを可愛がってくれた天国のお祖母ちゃんがいまのおまえを見たらどう思うかな？

そして気がつけば、ソファに押し倒されてスカートのなかに手を挿しこまれていた。

「やめてください……」

相手はわたしの甘っちょろい予想を遥かに超えてきた。自分の愚かさを呪いながら、わたしは下着のなかにもぐりこもうとする手を払い、首筋にかかる熱い吐息から懸命に顔をそむけた。スカートをたくし上げようとする面接官と、それを防ごうとするわたしの一進一退の攻防がつづいた。

ああ、情けないことに、じつはそのすべてがもう相手を受け入れたことになるのだ！

彼の立場に立ってみよう。夜の九時にのこのこカラオケにやってきて、肩を抱かれ、胸を触られ、しかもスカートに手を挿しこまれても「やめてください」としか言えないような女なんか、つまりは思うさま踏みにじってもいい女なのではないか。

　わたしはどうあっても、このような恥知らずな暴力行為に敢然と立ち向かうべきだった。それが無理なら、せめて悲鳴をあげるべきだった。スカートをめくり上げられたまま、男がズボンのベルトを嬉々としてはずすところをただ怯えながら見上げているべきではなかった。いや、カラオケに誘われた時点で、こんなやつのいる会社では働けないと気づくべきだった。出入口を気にしながらズボンをずり下ろした彼は、わたしの手首を摑まえていきり立った股間に持っていった。そして、こう言った。

「ねえ、日置《ひおき》さんはもっと笑ったほうがいいよ」

　その瞬間、悟った。男たちも怯えているのだ。だから、女の笑顔にこだわる。矢次凌もそうだった。わたしたち女は表情を消すだけでいい。たったそれだけのことで、彼らを根底から否定することかできる。

「笑ってよ」男が求めた。さもそれが自分にあたえられた当然の権利だとでもいうように。「うちで働きたいんやったら、そんな怖い顔をしとったらいかんよ」

　こうなったら、矢でも鉄砲でも持ってこいだ。わたしは腹をくくって、にっこり笑ってやった。すると、男も微笑み返してきた。気持ちを落ち着けようと深呼吸をしたら、男はわたしがやっと観念したと思ったみたいだった。

「こんなの、たいしたことじゃないやろ。要はいまなにがいちばん重要か——」微笑を顔に貼りつけたまま、わたしは素手でクルミを割るジャッキー・チェンのように、やつの睾丸をねじりあげた。

男がウッと息を吞み、白目を剝いてばたりと倒れた。

すかさず相手を蹴り退け、矢次凌になめられたぶんもまとめて返してやった。体を丸めてうずくまる男を、容赦なく蹴りまくった。

「そんなションベンカーブで女が打ち獲れると思うなよ、この不倫野郎！　あたしはあんたの何なん？　これでも食らえ！」

体をぶるぶる震わせていた悪徳面接官が、カニみたいに口から白い泡を噴いた。

火花を散らす頭のなかに射しこむ一条の明晰な光に導かれ、手早く現場写真をパシャパシャと二、三枚押さえる。スマホの画面を確認し——映っているのはあらゆる意味で露出過多の尻だ——、やつに突きつけて厳しく申し渡してやった。

「もしなんかやる気なら、出るところに出るけんな……これはいままでおまえに泣かされた女のぶんたい！」

最後に渾身の蹴りをもう一発入れてから、わたしは竜巻のようにカラオケを飛び出した。

3　本腰を入れて小説を書きはじめる

この一件のあと、わたしはまるで神様のお墨付きでももらったかのようにぱたりと就活をやめてしまった。朱里さん、あなたはもう充分にがんばりましたよ、よく我慢しましたね、これからは自分のやりたいことを存分におやりなさい。そもそも挫折する言い訳には事欠かない性分だけど、今度ばかりはわたしを責めるわけにはいかない。だって、これは自尊心の問題なのだから。わたしは十二月に失業することの意味を知った。これを機に思い切って自殺する人もいるのだろうけど、おそらくそれは少数派だ。多数派はきっとわたしみたいに年末年始を言い訳にして、これまでこんなにもがんばってきた自分へのご褒美とばかりに骨休めをするはずだ。そうだとも。

呆けたようにネット配信の映画やドラマを朝まで観て、そのまま夕方まで気絶したようにこんこんと眠る日々がつづいた。こんなときはじたばたしたってはじまらない。いまはきっとそういう星のめぐりなのだ。慌てず騒がず、風向きが変わるのをじっと待ったほうがいい。

年末年始も福岡に残留し、朝から酒を飲んだり、昆虫を食べる人たちの動画を観たり、目が溶けるまで眠りこけたり、三浦知良『カズのまま死にたい』や、三沢光晴の『ドンマイ　ドンマイッ！――プロレスラー三沢からのメッセージ』などを読んだりしてだらだら過ごした。

年明け早々に福岡でも二度目の緊急事態宣言が発出されるにおよんでは、天下御免でだらだらすることができた。わたしは本腰を入れてだらだらした。そして気がつけば、まるでペテンにかけられたみたいに月日が飛び去り、桜の花が満開のころを迎えていた。

愕然とした。やっとあのろくでもない二〇二〇年が終わったと思ったら、のんべんだらりとしているうちに二〇二一年も四分の一が過ぎてしまった！

年が明けてから今日までなにをしていたのか、にわかに思い出せない。多くの人にとってそうだったように、コロナはわたしからもごっそりと時間をかすめ取っていった。茫然自失の体《てい》でとっ散らかった部屋を見渡すと、チューハイの空き缶でぱんぱんになったゴミ袋が台所に三つも積まれていた。

恐る恐る預金通帳を開いたわたしは、まるで息子の戦死通知がとどいた母親のように目のまえが真っ暗になった。このままなにもしなければ、確実に路頭に迷うことになる。しかも、そんなに遠い未来の話じゃない。

パニックに陥ったわたしは『アントニオ猪木　闘魂語録大全』を投げ捨て（こんなもの読んでるからだめなんだ！）、就活用のスーツに着替えようとして死にたくなった。スカートのファスナーが閉まらない。「いやいやいやいや」笑ってごまかそうとした。「またまたあ！」

が、どんなにお腹をひっこめても脇腹を詰めても、ファスナーはある程度のところまでしか上がらない。そこから上はまるで聖城だとでもいうように侵入不可能だった。根気よく押したり引いたりしているうちに、スカートから不気味な音が聞こえだした。薄氷に亀裂が走るような音がして、とうとうファスナーのところからバリッと裂けてしまったのである。

ギャッと叫んで風呂場に駆けこみ、体重計に飛び乗る。目にした数字がどうにも信じられず、着ているものを全部脱ぎ捨ててもう一度よくよく測ってみた。その場にへなへなとくずおれてしまった。タニタの体重計が壊れたのでなければ、わたしは、この三ヵ月で九キロほど増量していた。

　ずっしりとした腹の肉をつまむと、女として終わってしまったような手応えがあった。どこかで「蛍の光」が鳴っているような気がして、あたりをきょろきょろ見回してしまったほどだ。誰かを恨まずにはいられない。わたしはとりあえずウーバーイーツを恨むことにした。あまりにも途方に暮れてしまったので、先ほど放り出したアントニオ猪木の本を拾い上げて目を閉じた。こうなったら、猪木の魂の言葉に従おう。えいっ、と気合いもろとも適当なページを開くと、つぎのような言葉が目に飛びこんできた。

　バカになれ。恥をかけば本当の自分が見える。

　わたしは深く頷き、悲壮な覚悟を胸に冷蔵庫を開け、きんきんに冷えたチューハイのプルタブを開けてごくごくと喉に流しこんだ。腹の肉がなんだ。就職がなんだ。わたしはいま本当の自分と対面すべく、精神の螺旋階段をどんどん下りているんだ。

　わたしは飲んだ。一本が二本になり、二本が三本になり、冷蔵庫の酒が尽きるとコンビニまでひとっ走りして買ってきた。九キロの肉塊のインパクトはハンパなく、アパートの階段をのぼっているとひどく息が切れたので、手すりに摑まって休まなければならなかった。

　飲まずにはいられない。

　その夜はそうやって酒を飲み、窓から街灯に照らされた夜桜を眺めながら眠ってしまった……

　結論を言ってしまえば、わたしは就活を再開しなかった。

そのかわりに、また小説を書きはじめた。なんの準備も覚悟もなく、ストーリーらしいストーリーさえなく、コロナ禍で失業したわたし自身を主人公にして、にっちもさっちもいかない人生や、わたしが興味深いと思った人々のことを性懲りもなく書き綴っていった。

書いているときだけは、辛い浮世のしがらみを忘れることができた。これでは現実逃避と言われてもしかたがないけれど、わたしにもどうしようもなかった。なにかが溢れてしまったような感じだった。

まるで血膿を押し出すように、わたしは言葉を絞り出していった。構成も時系列もあったものではない。とにかく思いついたことから書いていった。矢次とのくだりを書いたときは、冗談抜きで二度ほど吐いてしまった。就活セクハラのところでは怒りがぶり返し、手が震えてキーボードを操作できなくなった。告白すれば、あのとき撮った面接官の写真を会社のウェブサイトへ送りつけそうになった。

わたしはそうしなかった。

それはわたしがやさしい人間だからではない。やつが仕事を馘《くび》になり、女房子供に愛想を尽かされ、路頭に迷っている哀れな姿を想像しただけで胸がすっとした。こんな汚れきった世界にもまだ正義が存在するのだと信じられる。

わたしがそうしなかったのは、ひとえにそんなことをすれば気が済んでしまうかもしれないと危惧したからだ。そうなればこの小説とも呼べないしろものを書き進めるモチベーションを保てなくなり、いやでも現実と向き合わなければならなくなる。それだけは避けたかった。すくなくとも、いまはまだ。

わたしは現実に背を向け、全速力で逃亡を図った。現実に追いつかれてしまえば、今度こそ一巻の終わりだとわかっていた。生まれてはじめて全力でなにかをやったので、現実逃避をしているだけなのに、まるで報われない正しいことをしているような悲壮感に浸ることができた。

小説というのは、たとえそれがどんなに明るく健全で前向きな内容であっても、ドス黒い感情なくしては生まれ得ないのだということをわたしは知った。いや、大学のころから頭では知っていた。けれど細胞レベルで得心したのは、このときがはじめてだった。

矢次の眉間に銃弾を撃ちこむつもりで句読点を打つ。あの面接官の喉笛を掻き切るつもりで改行する。矢次の素首《そくび》を叩き落とすべく、疑問符を死神の大鎌みたいになぎ払う。あの面接官を撲殺するために、感嘆符を棍棒のようにふり下ろす。女を女とも思わないやつらをひとまとめに誅殺すべく、わたしの十本の指はキーボードの上を跳梁跋扈した。

書きはじめて二週間と経たないうちに、自分が造り変えられていく感覚を味わった。完全変態する虫がサナギのなかで一度ドロドロに溶けなければならないように、わたしはわたしが書こうとしている物語のなかへと溶け出していった。それから真新しい覚悟のようなものが、七色に輝く翅《はね》をまとって殻を破って出てきた。本当にほしいものを捨て身でもぎ取ってくる覚悟、そのためならば野垂れ死にもやむなしという陶酔……

それまで気づきもしなかった自分の本心や欺瞞が、怒れるマグマみたいに噴出した。めくるめくような体験だった。夜通し書きつづけて、気がつけばカーテンの隙間から朝陽が射しこんでいたこともある。寝食も忘れてひたすら書いていたので、夏を待たずして増えた体重がもとに戻っただけでなく、生理不順を引き起こすほど減ってしまった。

カップ麺以外になにか食わなければ、マジで死ぬ。

現実に迫いつかれる恐怖をふり払うために朝まで書き、そのまま夕方まで気絶したようにこんこんと眠ってしまったある日、わたしはふらつく脚で自転車を漕いで街に出た。砂が詰まったような頭で数えてみると、八日ぶりの外出だった。

充血した目に、夕陽がやたらと沁みた。

柴田里香と再会したのは、適当な定食屋でハンバーグ定食を平らげた帰りに、さらなる引きこもり生活に備えるべくドン・キホーテでカップ麺やらシリアルやらカロリーメイトやらチョコレートやらストロングゼロやらをガンガン買い物カゴに放りこんでいるときだった。

会社にいたときはおたがい空気のような存在だったのに、彼女はわたしに会えてとてもうれしそうだった。たしかもう四十歳を過ぎているはずだけど、まるで女子高生みたいにドンキの細い通路でぴょんぴょん飛び跳ねた。彼女が飛び跳ねると、そのふたつの乳房がいやらしく自己主張をした。

「日置さんってこのへんやっけ？」

はあ、まあ、とわたしは言葉を濁した。

柴田里香は驚くほどかつての同僚たちのその後につうじていた。誰某は結婚した、誰某は車を買った。誰某と誰某は付き合っている、誰某の給料はどれくらい上がり、誰某の給料はどれくらい下がった——

「矢次さんは再就職した会社がつぶれたらしいよ」

「……」

「あの人、まえの会社がつぶれたときすぐに再就職できたやん？　なんでかわかる？　再就職先が親戚の会社やったんよ。あの人も四十になるやろ？」

四十一だ。

「これから一から仕事探しとなると……ねえ」

内心の動揺を気取られないように、わたしは平静を装いつつ彼女を観察した。柴田里香に他意はなさそうだった。わたしと矢次凌の関係を知っているとほのめかすいかなる徴候も見てとれない。彼女は目に皮肉な光をたたえていたが、それはたんに他人の不幸に慰めと面白味を見出している者の目だった。

「それで」とわたしは注意深く切り出した。「矢次さんはいまどうしてるんですか？」

「たいへんみたいよ」柴田里香はうれしそうに声をひそめた。「奥さんがノイローゼみたいになっとうらしいし……ほら、あそこ子供が三人おるやん？　上のお兄ちゃんはたしか中学生やけど、学校に行かんくなったみたい。去年はコロナのせいで長く学校が休みやったやん？　それで不登校の子が増えとうらしいよ。奥さん、それでまいったっちゃないかな」

　再就職した会社の倒産、子供の不登校、奥さんのノイローゼ――でも、それだけじゃないことをわたしは知っている。矢次家の真ん中の女の子は心臓に持病があって、下の女の子はまだ四歳のはずだ（わたしと付き合うすこしまえに生まれたと言っていたから）。それに家のローンだってまだたっぷり残っている。

　最後に矢次とやり取りしたときのことが頭をよぎった。彼はこんなメッセージをＬＩＮＥで送ってくれた。

〈心が弱ってふだんどおりにいかないときは、せめてふだんどおりにふるまうといい〉

　いまもスマホのなかに残っている。あれはわたしへの口説き文句というより、彼自身への戒めだったのかもしれない。たられればを言いだせばきりがないけれど、もしあのとき矢次がすでにあらゆる困難に見舞われていたとしたら、彼がせめてふだんどおりにふるまうには、たとえそのふだんどおりってやつが女の体をオモチャにすることだとしても、それこそ聖者級の精神力と忍耐力を発揮しなければならなかっただろう。誰かを罵倒し、誰かのせいにしたかったはずだ。子供を殴るかわりに、矢次はわたしの体にすがりつきたかったのかもしれない。日に日に壊れていく奥さんを支えつづけるために、心に溜めこんだ憤怒を吐き出さなければならなかったのかもしれない。心が弱ってふだんどおりにいかないのは、彼のほうだったのだ。

　でも、そのすべてがもうわたしの知ったことじゃない。

「日置さんはあれからどうしとったと？」

自己欺瞞に吐き気をもよおすことに夢中だったわたしは、ほとんどなにも考えずにずっと失業中であることを打ち明けた。

「やったら、ちょっとアルバイトせん？」

　わたしは眉をひそめた。「なんのバイトですか？」

聞けば、彼女は数日後に婚約者といっしょに北海道へ行くことになっていた。その婚約者というのが大学の農学部の教授で、六月下旬から半年ほど北海道で研究休暇《サバティカル》に入る。柴田里香はこの彼氏にくっついて、二週間ほど北海道で暮らすのだと囀《さえず》った。

「うち、犬がおるやん？」

　いや、知らんけど。てゆーか、こっちは職なし、金なし、男なしなのに、おまえんとこには犬までいるのか。

「留守のあいだ、日置さんに犬の世話をお願いしたいと。臆病な子やけん、まえにペットホテルに預けたら円形脱毛症になったとよ」

　そんなしち面倒くさいことは死んでもやりたくなかったし、こんな女に飼われているような畜生はきっと気が狂っているにちがいないと思ったのだけれど、二週間で十五万円という提示に心がぽっきりと折れた。

「やります！」わたしは犬みたいに尻尾をふった。「まかせてください！」

「よかった！」柴田里香が小躍りしてよろこんだ。「餌はちゃんと用意しとくし、一日に一回散歩させてやるだけやけん……あっ、あとは観葉植物の水やりもお願い」

詳しいことはＬＩＮＥで、ということでわたしのＩＤを教えたら、別れて十秒後にスタンプがとどいた。渥美清が「よろしくおたのみ申します」と言っているスタンプだった。わたしは当たり障りのない「りょーかい！」のスタンプを送り返してから、しばらく路上で彼女から来たスタンプに見入った。

流行ってんのか、寅さん？

柴田里香のアイコンに目を凝らす。ＬＩＮＥのアイコンから人間の深層心理を読み解くサイトはネット上に溢れているが、わたしの考えでは、柴田里香のように自分のキメ顔をアイコンに設定している女は自意識過剰のど阿呆だ。それが胸の谷間まで強調しているとくれば、これはもうなにを言っても手遅れだろう。ちなみに、わたしのアイコンはテントウムシだ。どんなやつが虫なんかをアイコンに設定するのかといえば、それはわたしのようなやつである。

自転車をえっちらおっちら漕いで家へ帰る徒然に、矢次のことをぼんやりと考えた。考えなければならないことはあまりなかった。考えれば考えるほど自己嫌悪が募るので考えることをやめようとしても、なかなかうまくいかなかった。考えるのをやめようと思ってちゃんとやめることができたときに、たぶん、ひとつの恋が本当に終わるのだ。

4　過去から手が伸びてくる

柴田里香の部屋で過ごす時間は、なしくずしに長くなっていった。はじめのうちは昼頃に自転車でやってきて、一、二時間で仕事を切りあげて帰っていった。理由もなく落ちこんでいなければ、それから自分の小説をこつこつ書き進めた。

こなさなければならない日々のルーティンは、それほど複雑なものではない。自動給餌器の残量を確認し、自動給水器に適量の水を加え、軍手、ビニール袋、スコップ、おしっこを洗い流すための水を入れたペットボトルなどから成るうんち後始末セットを携えて、レオナルドを散歩に連れ出す。レオナルドは賢い犬で、自分でリードを取ってきてくれる。うんち後始末セットはディーン・アンド・デルーカのエコバッグに入っていて、うんちを片付けたあともディーン・アンド・デルーカで買い物をしたような、ちょっとリッチな気分を味わえるように配慮されていた。

散歩コースは基本的にレオナルドまかせだけど、初日にいきなり海に入られて砂を落とすのに往生したので、以後やつが波打ち際に突撃しようとするときだけはリードを引き締めた。そんなときレオナルドは腹を立ててわんわん吠えたが、なにか目新しいもの——ユリカモメ、流木、砂にうずもれた空き瓶、干からびたクラゲ、ビーチサンダルの片割れなどなど——を発見するや、けろりと機嫌を直してわたしをぐいぐいひっぱるのだった。

男というものはこうでなくっちゃいけない。

思いどおりに事が運ばなくてもけっして根に持たず、遺恨はきれいさっぱり水に流して力強く女をひっぱっていくぐらいの気概がほしい。かといって、いつも女の言いなりじゃだめだ。ときには手に負えない一面も見せつけてやらねばならない。こんなリードなんか、おれが本気を出せばいつだってふり払えるんだぜ。そうすれば女のほうは、つねに緊張感を持ってリードをしっかり摑まえておこうとする。たとえ男に翻弄されたとしても、そのリードを手放すつもりがないのなら、これも宿命《さだめ》とあきらめるしかない。そうなるともうしめたもので、女のほうはあなたのうんちだって片付けてくれるようになる。

レオナルドと過ごすきらめくような時間は手放しがたく、おしまいのほうになると小説などうっちゃって、朝から晩までぐずぐずと柴田里香の部屋に居残った。そんなわたしを、レオ様はいつも不思議そうに見つめていた。

最後の数日は泊まりさえした。

わたしは大胆にも部屋じゅうの抽斗《ひきだし》という抽斗を開けてみた。下着が整然と納められている抽斗の奥深くに、巨大なバイブレーターを発見した。妙に納得できた。スイッチを入れてみると溌溂《はつらつ》と動いたので、じっと見ていると切ない気分になった。好奇心がむくむくと鎌首をもたげたが、衛生上の問題もある。スイッチを切り、もとあった場所に戻した。

柴田里香はじつにいろんな下着を持っていた。なかには思わず目を見張ってしまうような途方もないものもあった。わたしはごくりと生唾を呑みこんだ。わたしの下着がただの布切れだとしたら、柴田里香のは肉体を包んで男に差し出すための美しい包装紙だ。実際、紙のように薄いものもあった。

免税店の紙袋のなかに、わたしも持っている外国のブランドの下着が入っていた。まだタグがついているところを見ると、どうやら新品のようだ。わたしのはむかし矢次凌がフィリピンで買ってきてプレゼントしてくれたものだが、その毒のような紫色のせいで、見ているだけで落ち着かなかった。けっきょく矢次の顔を立てて一、二度身につけただけで、タンスの肥やしと化している。柴田里香のは鮮血のような赤で、彼女に似合いそうな気がした。紙袋を見ると〈MANILA〉とある。

はて？

右手に免税店の紙袋。左手に真っ赤なブラジャーを持ってしばらく思案した。「男はつらいよ」のスタンプといい、マニラの免税店で買った下着といい、どれもただの偶然か？

会社勤めをしていたころ、矢次とわたしは営業職だった。柴田里香は経理部で、わたしたちとの接点といえば、せいぜい領収書の精算をするときくらいだった。柴田里香の浮いた噂を耳にした憶えはないけれど、それを言うならわたしの浮いた噂だってひとつもなかったはずだ。

矢次は用心深い男だった。給湯室で抱きついてくることはあったが。残業なんかで会社にふたりきりのときじゃなければ、それ以上事に及ぶことはなかった。会社でもプライベートでもわたしを下の名前で呼ぶことはなかったし、手をつないだり腕を組んだりした記憶もない。浮気がバレるのはそれを自慢したい気持ちがどこかにあるからだよ、と嘯《うそぶ》いていた。おれは男同士のときもぜったいにそんな話をしないし、女を自分が獲ったメダルかなにかだとも思ってないから。

裏を返せば、とわたしは思ったものだ。わたしの存在はあなたにとってご褒美でもなんでもないんだね。

わたしたち女だってろくなもんじゃない。男をふりまわすことでしか、自分の価値をたしかめられない。男がうんざりして離れていけば、相手の狭量を嘲笑うことで自尊心を守ろうとする。なんという負け惜しみだろう。でも、それは最悪じゃない。最悪なのは、こっちが相手をふりまわさなければ、そのうち相手がこっちをふりまわすようになることだ。

わたしと矢次の場合もそうだった。矢次のやり方はじつに巧妙かつ卑劣で、おれは誰のこともふりまわさない、もしきみがこの関係を終わらせたいのならそう言えばいい、おれはいつでも受け入れるよというポーズこそが、彼のマウントの取り方なのだった。

いよいよ柴田里香が北海道から帰ってくるまえの晩、つまりはレオ様と過ごす最後の夜も、わたしは当然のように彼女の部屋に泊まりこんだ。

九州北部の梅雨明けにはまだすこし間があるけど、この二、三日は好天に恵まれていた。わたしとレオ様は海岸の散歩を楽しみ、部屋へ戻ってからは海に面した窓を開け放って潮風を迎え入れた。そうやって、暮れなずむ博多湾を恋人どうしのように眺めた。

「ねえ、レオナルド」わたしは犬を抱き寄せた。「あんたのご主人ってどんな人？」

レオ様が短い尻尾をふった。

「ここに矢次凌って男の人が来たことある？」

犬はもちろんなにも言わないけれど、二時間後にわたしはその答えを知ることになる。

コンビニ弁当で夕食を済ませると、柴田里香の風呂場で柴田里香のボディーソープを使って熱いシャワーを浴びた。ついでに柴田里香のシャンプーで髪も洗った。ボディーソープもシャンプーもコンディショナーも、わたしなんかが見たことも聞いたこともないような外国製だった。

マイナスイオンが出るヘアードライヤーで髪を乾かしていると、レオ様がわんわん吠えた。わたしは気にしなかった。レオ様が脱衣所の外で走りまわる音が聞こえたときも、自分の髪がふりまく素晴らしい香りにうっとりしながらドライヤーをかけつづけた。脱衣所のドアが音もなく開いたときは、顔のまえにばっさりと垂らした濡れ髪のせいで視界がふさがっていた。ドライヤーの音でなにも聞こえなかったうえに、わたしは上機嫌で鼻歌まで歌っていた。

水気の取れた髪をうしろにふり払ったとき、鏡のなかにわたし以外の人影が映っていた。

びっくりしたなんてものじゃなかった。ひっと息を呑み、ドライヤーを派手に取り落としてしまった。膝からくずおれそうになったので、洗面台にすがりついて体を支えなければならなかった。それでも支えきれずに、けっきょくぺたんと尻餅をついてしまった。なにかがどこかにあたって、大きな音を立てた。

手に包丁を握りしめた男が立っていた。黒いウレタンマスクの上で、男の黄色く濁った目が大きく見開かれていた。

たすけを呼ぼうにも、声を出すどころか息すらできない。喉を真綿でふさがれているみたいだった。レオ様が吠えていたけれど、その声は遠くかすかで、まるで彼岸から聞こえてくるようだった。

男が手を伸ばしてくる。

「いや！」

わたしは反射的にドライヤーを摑み取って、めったやたらとふりまわした。悲鳴をあげて侵入者を蹴りまくった。

「たすけて！　たすけて！」

女なら誰でも、このようなシチュエーションを空想したことがあるはずだ。すくなくとも、わたしはある。レイプされるか殺されるかという二者択一の状況下で、自分ならどうするか。ごくごく合理的に考えて、わたしは命さえたすかるならなんだってかまわない派である。

一発やりたい？

いいとも！

二発やりたい？

もってけドロボー！　命さえ取らないなら、おまえの望むものをぜんぶくれてやる。

でもその瞬間、嘘偽りなく、こんなやつのいいようにされるくらいならいっそ死んだほうがましだと思った。女というだけで、これ以上貧乏くじを引いてたまるか。

いや、ごまかしはよそう。わたしはなにも考えていなかった。生理的に受けつけない虫をふり払うときのように、なりふりかまっちゃいられなかった。

半狂乱になって暴れた。爪でひっかき、噛みつく機会があればけっして逃さず、男の急所を狙って蹴りを繰り出しつづけた。こちらの怒りが充分に大きければ、そして運さえ味方してくれるなら、恐れをなした強姦魔が逃げ出さないともかぎらない。一パーセントあるんですね？　キング・カズはかつてそう言った。じゃあ、その一パーセントを信じます。

恥も外聞もなく大暴れしたので、男の口から発せられている音が自分の名前だとは、しばらく気がつかなかった。

「日置さん！　日置さん！」男は降参のポーズを取りながら、手足をバタつかせて吼えているわたしをなだめた。「落ち着いて！　おれだよ、おれ！」

自らマスクをむしり取った男を見て、わたしは腰が抜けるほどびっくりした。しかしわたしはすでに腰を抜かしていたので、二度抜かすことはできなかった。ただクラゲのようにぐにゃりと弛緩しただけだった。

そんなわたしを、男が心配そうに見下ろしていた。いつのまにかレオ様がそこにいて、ぴょんぴょん飛び跳ねながら彼の脚にまとわりついていた。この人知ってる、とレオ様の短い尻尾が語っていた。この人、矢次さんだよ。

　嵐のあとのようなとっちらかった頭のなかを整理すると、うんざりするくらいありふれた話だった。

　ようするに矢次凌は二股をかけていた。それだけのことだ。

　そして柴田里香との関係のほうが、わたしよりうんと長い。ふたりは矢次がいまの奥さんと結婚するまえから付き合っていた。結婚してからもその爛《ただ》れた関係——わたしがそんなふうに言うのもおこがましいけれど——はつづき、それはわたしと矢次がお天道様に顔向けできない関係を持ったあとも解消されなかった。

　ソファにへたりこんだ矢次は、全身からアルコールの臭気を立ちのぼらせていた。「里香にきみのことは話しとらんよ」すっかり潮垂《しおた》れて、言葉を飾る元気も、事実を糊塗する気力も、わたしを気遣う余裕すらなさそうだった。「彼女とはもうかれこれ十年以上の付き合いになる。結婚とか社会のしがらみとか、おれたちにはそんなもの関係なかった。いっしょにいる時間が充実しとったらそれでよかった。その時間だけが、なんと言うか……おたがいに自由だった」

　そんなに自由な関係なんだったら、どうして柴田里香にわたしのことを隠していたの？

　喉元まで出かかった言葉をどうにか呑み下す。そもそも、なんでわたしなんかと付き合ったの？

「里香もいつも言っとった、おれが結婚しとっても関係ない、自分がおれに会いたいけん会いよるだけって……ただ、おれの妻や子供はなにも悪くないけん、ぜったいにおれたちのわがままで傷つけたらいかんって」

　この男はそんな言葉を鵜呑みにしていたの？

「女がそんなふうに言うのは、男がそれを求めてるからだよ」思わず口を差しはさんでしまった。

　彼が表情のない目で見つめてくる。図星を指されて腹を立てているのか、おまえなんかになにがわかると言いたいのか、なんとも言えなかった。

　わたしたちは雪のように白いソファの両端に腰かけていた。ふたりのあいだには、レオナルドがまるで深い川みたいに横たわっていた。センターテーブルに投げ出された包丁が、シーリングライトの光を受けて白っぽくかすんでいる。柴田里香が矢次に持たせていたという合鍵も。

「里香を殺そうと思ったわけじゃない」わたしの視線に気づいて、矢次は狼狽して舌をもつれさせた。「いや、自分でもよくわからん。きみと別れて、里香にもフラれて……いろんなことがいっぺんに変わった。里香に男ができたのは知っとった。彼女はおれにちゃんとさよならを言った。いまも感謝しかないよ。家族がおったけん、おれはいままでがんばってこれた。けど里香がおったけん、家族に正しく接することができた。きみにはわからんかもしれんけど、誰かにやさしくするためには、そういう疚《やま》しさが必要なときもある」

　なんという罰当たりな言いぐさだろう。じゃあ、柴田里香と結婚すればよかったのに。

「おれにできることは里香を祝福して、この関係を終わりにすることだけやと思っとった、思っとったはずなのに……」

この人はわたしを下の名前で呼んだことがない。

この人は柴田里香とのお別れに「これからは友達ということで（笑）」なんていうＬＩＮＥメッセージを送らない。

この人にとってのわたしとは、包丁を持ち出すほどのものではない。

「なのに、なんでこんなもんを……その包丁で自分を刺すところは何度も考えたけど、里香を殺して自分も死ぬつもりだったのかもしれん……わからん」彼は両手で頭を抱えた。つぎの言葉までに長い沈黙があった。「あれから……去年、会社がつぶれてからいろんなことが変わった。本当にいろんなことが——」

再就職先の倒産、子供の不登校、奥さんのノイローゼ。自分のことばかりしゃべりすぎたとでも思ったのか、矢次は唐突に話題を変えた。

「きみは……日置さんはなんでここに？」

「そんなこと、どうでもよくない？」鼻で笑い飛ばしてしまった。「それがあなたとなにか関係ある？」

矢次が顔を伏せた。

残酷な気持ちが黒いインクのように広がっていく。柴田里香が不憫だった。矢次に子供が生まれるたびに、彼女は笑っておめでとうと祝福していたのだろうか？

矢次が家を建てたときも？

子供が幼稚園に、小学校にあがるたびに？

聞き分けのいい女を演じることで、いつかなにかが変わると夢見ていたの？

「娘が、入院した」

わたしは驚いて顔をふり向けた。とっさに念頭をよぎったのは、コロナのことだった。「まだ小三なのに、心臓移植が必要らしい……それで妻がまいってしまった」

「真ん中の子、心臓に持病があって」矢次はしゃくりあげながら言葉を継いだ。

彼が泣きやむまでに、永遠とも思える時間が過ぎていった。矢次がわたしを抱き寄せたとき、わたしはもう何年もまえから彼がそうすることを知っていたような気がした。

レオナルドがソファから跳び下りた。

ひさしぶりに触れた彼の唇は冷たくて、酒臭くて、かわいそうなくらいに震えていた。無反応なこちらの出方を探るような、小鳥がおっかなびっくり木の実をついばむようなキスのあとで、彼は大きな波のようにわたしを包みこんだ。Tシャツをたくしあげ、わたしの裸の胸に顔をうずめた。

拒絶するのは簡単だったし、このまま抱かれてしまうのはもっと簡単だった。正直、それでちっともかまわなかった。だけど悲しいかな、わたしは少々複雑になりすぎていた。体と心が、水と油みたいにすうっと分離していく。自分の求めるものすらわからずに、わたしはただなすがままにされていた。

ほとんど噛みつかんばかりにわたしの首筋にキスを浴びせながら、矢次がスウェットパンツのなかに手を挿し入れてくる。性器がそっと押し広げられていくあの懐かしい感覚が、電流となって背筋を駆け上がった。

彼を押し止めたものがなんだったのか、わたしにはよくわからない。肌を密着させている者どうしにしかわかり得ない微妙な冷たさや強張りのようなものを、敏感に感じ取ったのかもしれない。まるで負け分を取り返そうとするギャンブラーみたいに我を忘れていた矢次が、やにわに上体を起こした。

「どうした?」

わたしはかぶりをふった。如何ようにも取れる曖昧な態度だったけれど、伝えたいことは伝わったみたいだった。矢次が眉をひそめた。

「なんで?」

「そんなこと、しないほうがいいよ」

彼は一瞬びっくりしたような顔になった。彼と付き合っていたころ――あれを付き合っていたと呼べればだけど――わたしは一度も彼を拒絶したことがなかった。それきりになってしまうのが怖かった。

矢次は自分のこめかみを掌《てのひら》でごつごつと叩いた。頭のなかの声を黙らせようとしているみたいに。それから酒で濁った目を剝いて、遮二無二挑みかかってきた。

乱暴にスウェットパンツを剝ぎ取られると、わたしは一糸まとわぬ姿になった。体を丸めようとしたけれど、力ずくで押し開かれた。性器をまさぐるその指は硬直していて、わたしは痛みと悲しみの両方に耐えなければならなかった。

「だめなのか？」彼はほとんど怒鳴っていた。「なんで？」

だめじゃない。わたしはかぶりをふった。いまさら、だめなことなんてなにもない。まるでボクサーの体に染みついた三分間のように、わたしの体はまだ彼のやさしさを憶えている。その裏にある弱さと卑劣さに目をつむり、ずっとやさしさだけを貪ってきたのだから。そんなわたしに、彼を拒絶する資格なんてない。

「ほら、むかしみたいに笑ってくれよ」

わたしには黙って彼を見上げることしかできなかった。胸のなかにある小さなポンプが、体の深いところから涙を汲《く》み上げようとしていた。

「おれがやらんと思っとうとや？」

わたしは頷いた。

「おれを甘く見んなよ」その口が凶暴に歪む。

「あなたはしない」

「ずいぶん信用されたもんやな、包丁を持って女の家に押しこんだ男が」

「あなたを信用しているわけじゃない、と思う」

矢次が目をすがめる。

「あなたはするかもしれないし、しないかもしれない。それはわたしにはわからないよ」

「やってやる」

吐き捨てるようにそう言って、おおいかぶさってくる。首筋を舐められ、胸を揉まれ、濡れていない性器に指を入れられた。

自分が甲虫かなにかになってしまったような気がした。不格好なオスにのしかかられている、不格好なメス。黒光りする体がふたつ重なって、もぞもぞと這いまわっている。虫ならば、すこしは救われる。虫なら、さっさとやらせてしまえ。自分を憐れむ必要なんて、なにもない。

時間を止めたのは、突然けたたましく鳴りだした電話の呼出音だった。

矢次の目が困惑の色に染まっていくのを、わたしは組み敷かれたままつぶさに見とどけた。それはほとんど恐怖と言って差し支えない困惑だった。

まるで神様が雲の上からかけてきたみたいに、柴田里香の電話は厳かに、毅然と鳴りつづけた。やがて回線がつながり、留守電の自動応答音声が流れた。メッセージのある方はピーッという発信音のあとに……

わたしたちはその声を聞いた。

——わたしは十分後のあなた。

見聞かれた矢次の目が、電話とわたしのあいだを行ったり来たりした。いましも抱こうとしていた女の正体を見定めようとするかのように。

――わたしは未来のあなた。

わたしにしたところで、耳にしたその声が信じられなかった。鏡に映った自分の鏡像が勝手に動きだしたような気分だった。矢次の瞳に映るわたしは、両手を胸のまえでしっかりと交差させていた。

躊躇するような短い沈黙のあとで、回線の彼方からまた声がとどく。

――大丈夫だから………ちゃんとまえを向いて、しっかり生きて。

それは、わたしの声だった。

5　ふたたび本腰を入れて小説を書きはじめる

その後、柴田里香の紹介で、わたしは赤坂にある税理士事務所でデータ入力のアルバイトをはじめた（レオ様にすがりついてわんわん泣くわたしを見て、同情してくれたのかもしれない）。

週三回、伝票の数字を延々とパソコンに打ちこむだけの単純作業で、日給九千円だった。いくらがんばっても幸せになれる仕事ではないけれど、一日じゅう数字とにらめっこをしていると、ときどきランナーズハイにも似た多幸感が得られた。

ともあれ、これでまたしばらく食いつなげる。それが大事で、ほかのことはどうでもよかった。人生は単純明快で、食べて、働いて、書く以外のことはだんだん薄れていった。

そう、わたしは書きつづけていた。

あの夜以来、わたしを傷つける男たちに対する怒りだけでなく、彼らが囚われている悲しみも漠然と感じられるようになった。そんなふうに言うと、まるでわたしがとても成長したように聞こえるかもしれない。たぶん、すこしはそのとおりなのだろう。だけど、わたしは男たちの悲しみを感じたいわけではなかった。わたしがわたしのままでいられなくなるような、そんな面倒臭い人間になりたくはなかった。転んでただで起きるのが癪だっただけだ。いつかまた、わたしは自分が知る必要のない悲しみに目を閉ざしてしまうかもしれない。そうなるまえに、この胸のもやもやを文章にして捕まえておきたかった。そんなわたしのなかで、知らず知らずのうちにレオナルドが偶像化されていった。レオ様はいつでも哀れ男との対極にあって、理想の男性像というものを考えるよすがとなってくれた。

もしあなたが男なら、わたしはあなたの思い上がりを粉砕する。もしあなたが女なら、わたしはやっぱりあなたの思い上がりを粉砕する。

もっとあなたを否定したい。

もっとあなたを肯定したい。

肯定したあとでさらなる地獄へと突き落とし、それからお釈迦様みたいに一筋の蜘蛛の糸をあなたの目のまえに垂らしたい。

そうすることでわたしが得るのは、さらなる渇きだ。その渇きを癒すために、わたしはもっともっと書かねばならない、そのためにわたしが鬼の金棒みたいに頼りにしていたのは、自分のなかにずっとしまいこまれていた怒りや劣等感や卑劣な自我だった。埃にまみれたそんな怒りや劣等感をひとつ摑み出すたびに、新たな発見があった。魂のどこかでとっくにミイラと化していた感情が、にわかに黄金色に輝く宝の山となった。怒りや劣等感は、共感のもうひとつの呼び名だった。わたしはそこから登場人物たちの内面に切りこんでいった。

どこへ向かっているのかわかりゃしない日々のなかで、まるで灯台の光みたいにわたしを導いてくれたのがネットに溢れている小説の書き方講座や、文学新人賞の応募サイトだった。書くことに疲れると、わたしはそんなサイトをひとつひとつ覗いてまわった。すると、わたしはたしかにどこかへ向かっているのだ、自分の尻尾を追いかける犬みたいに同じ場所でぐるぐるまわっているわけではないのだという安心感に浸ることができた。その安心感が偽りかどうかは、考えないようにした。たとえ偽りでも、つぎの一行を書かせてくれさえすれば、それでよかった。調子がいいときは、作家デビューした薔薇色の未来を思い浮かべてうっとりすることもできた。

小説というものに関して、じつにいろんな人がいろんなことを言っていた。小説とは新たな存在可能性を提示するものである、小説とは越境である、良い小説はどれもあきらめについて書かれている云々。

なんとなくわかるような気もするけれど、本当はよくわからなかった。小説を必要とする人たちは、誰もがその人なりの屁理屈をどっさり持っている。たとえ誰の理解も得られない独りよがりの理屈だろうと、それがわたしたちを救うかぎり、なんだって間違いじゃないのだ。わたしはとにかく書かずにはいられなかったし、自分のためだけに書いている。書くということは自分が殺したむかしの自分といっしょに暮らすようなもので、絶え間なく書いていなければ、いつ死体がむっくり起き上がってくるかわかったもんじゃない。

ある日アルバイトに行こうとしたら、駐輪場に停めていた自転車のタイヤに画鋲《がびょう》が前後合わせて九つも刺さっていた。

コロナが出始めたころ、車に傷をつけられたという人たちをよくニュースで見かけた。防犯カメラの映像は、心の荒んだ人たちでいっぱいだった。彼らは人様の車をなにか尖ったものでひっかいたり、植木鉢を盗んだり、店に忍びこんで金庫をこじ開けたり、お百姓さんが丹精した果物を盗んだりしていた。わたしはぺちゃんこになったタイヤを見下ろし、恨むなら自転車をちゃんと金庫にしまっておかなかった自分を恨むしかないと思った。

あとはバスか地下鉄というところだが、わたしは節約のため、地下鉄七隈《ななくま》線でいったん天神に出てから歩いて赤坂へ行くことにした。

ひさしぶりに地下鉄に乗ったわけだが、ちゃんと目を開けていれば、退屈な地下鉄のなかでも学ぶべきものに事欠かない。マスクを律儀につけている人たちを後目に、雨が降ろうが槍が降ろうがぜったいにマスクをしない人がいる。その日、地下鉄のなかで出会ったおじさんは、マスクをしていないうえにデンタルフロスで歯の掃除までしていた。

彼は小さな箱を持っていて、そのなかに大小さまざまなデンタルフロスが入っていた。横着な態度でシートに腰かけ、歯と歯のあいだにフロスをねじこんでは勢いよくひっぱり出すものだから、そのたびに飛沫よりすこしばかり大きなものが辺りに飛び散った。歯をせせりながらぬめぬめしたフロスをじっと見つめ、あまつさえ鼻を近づけてにおいを嗅いだりしていた。恐ろしいことだった。

ああ、どうかこれもコロナのせいでありますように！

さもなければ、この世界はもとからこんなげっそりするところだったということになる。ここまでくれば、やばすぎて文句を言う人もいない。おじさんと目を合わせようとする人すらいなかった。二、三人がこっそりスマホで動画を撮っていた。

地下鉄は走りつづけ、おじさんは薬院大通駅で降りていった。デンタルフロスの小箱をしまいこんだセカンドバッグを聖書みたいに小脇に抱えて。

一分一秒に驚きがぎゅっと詰まっているこの世界は、まるで教科書みたいだ。そこからなにを学ぶかは、けっきょくわたしたちしだいなのだ。閉まる電車のドア越しにおじさんの後ろ姿を見送りながら、わたしは今日という日をしっかり憶えておこうと思った。いつかわたしによって小説に昇華されるその日まで。

6　未来から電話がかかってくる

その日も明け方までパソコンのまえで悶え苦しみ、そのままバイトに行って夕方まで数字の奔流にもみくちゃにされ、吐き気をこらえながらほうほうの体《てい》で帰りのバスに乗ったのだった。帰宅刻《どき》なのにバスは空いていて、わたしのほかには乗客がひとりしかいなかった。その中年女性は大きな百合の花束を抱えていた。わたしはふたり掛けのシートに悠々とすわり、窓外を流れゆく街並みをぼんやりと眺めた。

六本松のあたりに差しかかったとき、雨がザアザア降りだした。突然の激しい雨は街を濡らし、まるでミツバチみたいに数字がブンブン飛びまわるわたしの頭のなかにまで降りこんできた。溜め息をつき、考えたくもないのに、いまごろ矢次はどうしているだろうかなどと考えながら目を強く揉んだ。

あの夜の彼は救いようもなくちっぽけで、憐れを誘うほど自分本位で、抱きしめてあげたくなるほど打ちのめされていた――

放心した矢次がふらふらと立ち去ったあと、わたしは裸のままかなり長いこと虚脱していた。センターテーブルの上には包丁と合鍵が残されていた。レオナルドがやってきて手を舐め、またどこかへいなくなった。

ようやく意を決して立ち上がったときには、自分の体が自分のものじゃないみたいに足元がおぼつかなかった。

赤いランプを点滅させている柴田里香の固定電話を見下ろす。自分が留守電を再生することはわかっていたけれど、はたしてそれが正しいことなのかどうかまではわからなかった。わたしは点滅しているボタンを押した。一瞬、ぜんぜんちがう声でぜんぜんちがうメッセージが入っているのではないかと怖くなったが、やっぱり同じ声で同じメッセージが入っていたので、わたしはもっと怖くなった。

――大丈夫だから……ちゃんとまえを向いて、しっかり生きて。

本当に……本当に未来のわたしがいまのわたしに電話をかけてきたの？

わたしがいま直面している問題の結末をすっかり知っている未来のわたしが、ただひたすらあがいてばかりいるいまの不甲斐ないわたしを励まそうとして？

わたしはもう一度メッセージを流した。

それから、もう一度。

ヘイトスピーチをしていたいつかの老右翼を思い出したのは午前三時ごろで、ナイトテーブルからスマホをひったくってネットで検索をかけてみた。目を皿のようにして探してみたけれど、「未来の自分がいまの自分に電話をかけてくる」的な遊びが流行っているという記事もつぶやきもアプリも見つけることができなかった。ひっかかってくるのは「いまを変える三つの方法」的な自己啓発サイトとか、痛ましくて覗く気にもなれないブログばかりだった。そのうちに眠りこんでしまった。

目が覚めたのは十時過ぎで、波間にきらめく朝陽が閉め忘れたカーテンから射しこんでいた。壁に映る光の分散を眺めながら、しばらくベッドでうだうだしていた。それからのろのろと柴田里香のベッドを抜け出し、柴田里香の冷蔵庫を開け、柴田里香のミネラルウォーターを飲んだ。さて、どうしたもんかな。そう思ってぼんやり立っていると、レオナルドがリードをくわえてまとわりついてきたので、とりあえずわたしの男を最後の散歩に連れ出すことにした。燦燦《さんさん》と輝く愛宕浜にはジェットスキーを楽しむ一団や、ひとりで本を読んでいる老人などがいた。ポケットのなかでスマホが振動したのは、ちょうどレオナルドが砂にうずもれたヒトデの死骸に襲いかかっているときだった。矢次からのLINEだった。たったひと言だけ。〈悪かった〉とあった。いかなるスタンプも絵文字もなかった。

　わたしは返信をしなかった。それがわたしの返事なのだけれど、それがいったいどういう返事なのかとなると、わたし自身にもよくわからなかった。腹を立てていた。それは間違いない。だけど、もう一度彼に会いたいとも思っていた。やっぱりあのとき抱かれてしまえばよかった。そうすれば、それまで見えていなかった新しい扉が見えたかもしれない。なのに、そんなろくでもない扉なんか見つけるべきではないことも知っていた。扉をひとつ開けるたびに、わたしという人間は深みを増し、物わかりがよくなり、どんどん曖昧になってしまう――

　そんなわけで、横丁からその自転車がひょっこり飛び出してきたときには、幻影でも見ているのかと思った。

　すっかり肝をつぶしたわたしは、思わずバスの窓に張りついてしまった。そこにタイムトンネルかなにかがあるとしか思えなかった。

横殴りの雨のなかを、矢次凌が前のめりになって自転車を漕いでいた。背中にフードデリバリー用のあのバカでかいリュックを背負って。

彼が乗っているのはフードデリバリーの人たちが好んで使うようなオシャレでスマートな自転車ではなく、ただのママチャリだった。まえとうしろにはチャイルドシートまでついている。フードデリバリーの人たちがサラブレッドのように颯爽と走るのだとすれば、矢次の走り方はまるで荷役馬のように泥臭かった。

雨に濡れた窓ガラスの向こう側を、矢次はひたむきに走っていた。そんな彼をわたしは一度も見たことがない。矢次凌はそんな男じゃなかった。彼はスマートで、言葉巧みで、明日をも知れぬこういう単純肉体労働を軽蔑していた。濡れた髪が額に貼りついている。びしょ濡れのその横顔を見ていると、わたしはこの男のことなんてなにひとつ知らなかったのだと思い知らされた。

彼はしばらくわたしのバスと並走していた。バスのまえに車がつっかえていれば、自転車のほうがいともたやすく追い抜いていく。そしてまたバスに抜き返される。ときにはわたしのすぐ横を、手を伸ばせば触れられそうなくらいすぐ近くをすり抜けていった。こんなに近くにいるのに、彼はわたしのことに気づきもしない。ずっとそうだった。いっしょにいても、わたしたちはずっとひとりぼっちだった。

抜きつ抜かれつを何度か繰り返し、とうとう彼が交差点を右へ折れて、わたしの人生からあっさりと退場していった。

その象徴的な光景に、わたしはほとんど感動していた。この瞬間を境に、わたしたちはようやく別々の道を行くことになる。もしつぎに恋をすることがあったら、わたしはもっと賢くふるまうことができるだろう。情熱だけでなく、ただいっしょにいたいという純粋な想いだけでもなく、理性で相手を品定めして、自分が有利になるようにことを運ぼうとするはずだ。今日かぎり、わたしはあらゆる愚かしい恋と永遠に決別する。悲しいといえば、それが悲しかった。

バスは走り、人を乗せたり降ろしたりした。すぐに車内が雨のにおいでいっぱいになった。目の奥が痛みだし、鼻がつんとしてきて、きっとまた泣くんだろうなと思ったけれど、いつまで経っても涙は出てこなかった。

わたしたちはたしかに出会ったのだ。そして出会ったからには、その出会いに責任を持たなければならない。そんな当たり前のことすらバカらしく思えてしまうまえに、スマホを取り出して矢次に返信をした。

〈さよなら〉と送ったあとで、つづけてこう打った。〈いろいろあるけど、いまのあなたのほうがきっとあなたらしいです〉

でも、わたしはそれを送らなかった。書いているときから、そんなものを送ることはないと知っていた。それはありえないくらいに上から目線だし、なによりもわたしのさよならが本気じゃないと思われたくなかった。いまのあなたのほうがきっとあなたらしい？　いったいどの口がそんなことを言うんだ。わたしが本当のわたしじゃなかったのに、彼だけが本当の彼だったはずがない。なんて単純なんだろう。彼はわたしの望む役柄をずっと演じていたし、わたしもそうだった。そのせいでわたしたちはくたびれ果ててしまった。それだけの話なのだ。

わたしはその安っぽいメッセージを、まるで落ち葉を眺めるように眺めた。それから一文字一文字、丁寧に消していった。あとはずっとまえだけを睨みつけていた。こんなわたしを慰めてくれるのは、もはやインドしかないという気がした。


ネットでサイババの叡智に満ちた金言を貪り読むうちにバス停に着いたので、降りしきる雨のなかをとぼとぼ歩いて家路についた。

コンビニに立ち寄って夕食の弁当とチューハイとビニール傘を買うと、お釣りに十円玉をしこたまもらってしまった（レジの百円玉が切れていたのだ）。

コンビニを出たところに公衆電話があった。

雨に濡れそぼるその緑色の電話が目に入ったとたん、胸の奥がバチバチッとショートして、誰かに電話をかけなければならないという衝動に駆られた。いやいやいやいや。その突拍子もない思いつきに、我ながら失笑を禁じ得なかった。こりゃ相当に弱ってるな、わたし。

なのに、まるでガンジス川の風にあてられでもしたかのように、いますぐ誰かに電話をかけることこそ自分がこの世に生まれてきた理由なのだという気がしてならなかった。誰かになにかを伝えなければならない。バカなことはよして早く家に帰れと思いつつ見下ろすと、公衆電話の分際で挑みかかってきた。どうせやめるっちゃろ、日置朱里おまえってそういう女やもんなあ！

サイババ曰く「幸福になるための秘訣は好きなことをすることではなく、すべきことを好きになることだ」。さらに曰く「決心するのはあなただ、それをいつ行うかもあなたしだいなのだ」

わたしは断固として自分がいまやるべきことを愛そうと決めた。公衆電話にまでなめられていたら、残りの人生をどうやって生きていけばいい?

売られた喧嘩を買うような物腰で十円玉をスロットに投下し、ほとんど腹を立てながらプッシュボタンを叩く。そして鬼が出るか蛇が出るかとびくつきながら、つぎに起こることを息を殺して待ち受けた。延々とつづく呼び出し音にまたもや神様の声を聞いたり（「もうおよしなさい、朱里さん、そんなことをしても世界はなにも変わりませんよ」）、不機嫌な男の声に怯んで反射的に電話を切ったりもしたけれど、そのたびにほろ苦い自己嫌悪を噛みしめ、公衆電話を睨みつけた。世界なんてどうでもいい。わたしが変えたいのは世界なんかじゃない。

自分でも首をかしげてしまうほどの強迫観念に駆られながら、でたらめな電話番号を押しつづけた。そうやって何度か失敗したあとで、ついにわたしを怯えさせない女性の声が返ってきた。

「もしもし?」すこし鼻にかかったような、ハスキーな声だった。「どちら様ですか?」

後悔せずにはいられない。緊張してなにも話せなかった。なんてバカなことをしてしまったのだろう。喉が締めつけられ、口のなかが粘つき、行き場を失った鼓動が胸のなかで暴れた。わたしがなにをしたかったにせよ、こんなのはまったくもって賢いやり方ではないし、わたしが意図するものと真逆のことが伝わってしまうかもしれない。

風の音や街路樹のざわめきや横断歩道のメロディーが、雨雲とともに流されていく。弱っているにしても、これほどまでとは思いもしなかった。いっぺん専門家に話を聞いてもらうべきなのかもしれない。たぶんこれは失恋が癒える過程で誰もが経験する、一時的な錯乱なのだ。

わたしは待った。不安定で危うい静寂のなかで、待つことしかできなかった。受話器を持つ手がじっとりと汗ばみ、哀れなほど震えていた。

「もしもし、どちら様ですか？」

その声が呼び水になって、風の音や雨の音や車の音や横断歩道のメロディーがいっぺんに戻ってくる。耳のなかに入った水がポンと抜けたみたいに、それはもうやかましいほどに。

ひんやりとした空気が肺に流れこんだ。

彼女はわたしと同じくらいかすこし年下の、黒縁眼鏡をかけた女の子だ。そのハスキーな声からして髪の毛は短そうだし、明るい色に染めているかもしれない。音楽的にはぜったい渋谷系で、街に出るときには首からちっちゃなカメラをぶらさげている。きっとそうだ。そしてわたしと同じくらい、ままならない人生に苦しめられている。彼女はあの夜のわたし自身かもしれない。素っ裸で震えていて、してもしなくても傷つくことになる悲しいセックスをしようとしている。もしくは申し分なく幸せなのかもしれない。

「わ、わたしは未来のあなたです」

無理に言葉を引きずり出すと、相手が注意深く沈黙した。

雨足がその埋め合わせのように強くなる。豆でもばら撒いているみたいに、雨粒がアスファルトを叩いた。コンビニに駆け込む人たちのせいで、自動ドアのチャイム音がひっきりなしに鳴っていた。

「怪しいものじゃないんです」耳に困惑が押し寄せ、わたしは慌てて言い募った。「てゆーか、怪しいですよね、やっぱり……すみません、充分怪しいのはわかっています。自分でもなにがしたいのかよくわかりません。ただ、誰かを励ましたくて……いや、たぶん自分自身に大丈夫だって言いたかったんだと思います。ほら、過去を変えれば未来も変わる的な？　わかります、あたしの言ってること？　えっと、あの、SF的な……ああ、なに言ってんだろ、あたし」

不意にこの状況を中空から眺めているもうひとつの視線に気づく。すると、このなんとも嘘っぽい設定に声をあげて笑いだしたくなった。未来の自分から電話がかかってくる？　たったひと言、自分自身に大丈夫だと伝えるために？　もしそんな小説があるなら、わたしは読まない。

「なんか、イタすぎますよね」溜め息といっしょに吐き出した。「ごめんなさい。もう切りますね」

「待ってください」

「……はい？」

「あなたは未来のわたしなんですか？」

「ああ、えーっと……いや、現実的にそういうのは――」

「言ってください」

「え？」

「大丈夫って……」消え入りそうな声だった。「大丈夫だって言ってください」

　今度はわたしが口をつぐむ番だった。自分ではじめたことなのに、どこへ流されてしまったのか、ぜんぜんわからなかった。わかっているのは、電話の向こう側で誰かがひどく途方に暮れていることだけだった。

　つまらない小説なら、この世にいくらでもある。つまらない人生より多いくらいだ。それがひとつくらい増えたからといって、なにを恐れることがある？　言うべきことを言ってたとえ世界が崩壊したって、わたしはわたしでそれを書き留めておくことができる。うまくいけば、読む価値のあるものが書けるかもしれない。誰にわかる？

「大切な人が、死にました」

　受話器を取り落としそうになった。聞き間違い？　誰が死んだの？　頭のなかでいくつもの疑問がうなりをあげて旋回した。そのあまりのすさまじさに、しばし息をするのも忘れた。家族？　それとも恋人？

「教えてください」電話のむこうで、彼女はすすり泣いているみたいだった。「あたしは明日もちゃんと生きてますか？」

　ああ、そういうことか。小説とは新たな存在可能性を提示するものである、小説とは越境である、良い小説はどれもあきらめについて書かれている――ネットで好き勝手ぬかしていたやつらは、けっきょくみんな異口同音に同じことを言っていただけなのだ。だって、あきらめるということはつまりありのままの自分自身を受け入れるということで、新たな存在の可能性へはそこから切り込んでいくしかないのだから。

人生は小説じゃない。断じてちがう。そんな安っぽいものであるはずがない。でも、小説は人生なのだ。さもなければ、小説が存在することにいったいなんの意味がある？　あきらめろ。受け入れろ。そうやって、誇り高く境界線を越えていけ。責任なんて取れっこない。覚悟なんて持てっこない。そもそも、わたしの言葉にそんな力があるのかどうかもわからない。

それでも、いましかないのだ。いまじゃなければ、永遠に失われてしまう。もしくは、永遠にこのままだ。

わたしは受話器をしっかりと持ち直し、大きく息を吸った。

遡上

2

安永《やすなが》幸《こう》太《た》郎《ろう》は宿便のようにどっさりと不平不満を腹に溜めこんでこの世に生まれてきた。未熟児のまま母親のお腹から出てくるや、空気に触れたとたん全身が見る見る黄ばみ、ひと月ほどを保育器のなかで過ごさなければならなかった。頭のてっぺんから爪先まで真っ黄色で、医者でさえこんなひどい黄疸は見たことがない、まるでターメリックの粉をまぶしたみたいだと言って肝を潰した。

　まだ目も開かないうちから、人呼んでヤッスは看護師たちに向かって罵詈雑言を吐き散らしていた。ヤッスの口の悪さからすれば、やいブスども、このカンジダ患いのメス犬ども、おまえらどうせ男に相手にされんけんこんなところで他人のガキばいじくりまわしとっちゃろうが、けどいくらそんなことをしてもおまえらのみじめな人生はなんも変わらんぜ、まあ待っとけ、おれが大きくなったらまとめて面倒ば見ちゃるけんな、くらいのことは言っていたはずだ。だけどヤッスはまだ赤ん坊だったので、湿っぽい唇をもぐもぐと動かすことしかできなかった。両の拳は胸のまえでしっかりと握り合わされていた。ヤッスにしてみれば、近づく者はただじゃおかないぞという意思表示だったのかもしれないが、それを見た看護師たちは自分の指をヤッスの小さな手に握らせては微笑むばかりだった。

朝鮮人参みたいに痩せ細った我が子を見てヤッスの母親は朝から晩まで泣きつづけたが、遊び人の父親のほうはしかめっ面で保育器をのぞきこみ、溜息と舌打ちを繰り返し、とうとう口笛を吹きながら帰ってしまった。そして息子が退院するまえに、スナックで知り合った若い女と出奔してしまった。

途方に暮れたヤッスの母親は、乳呑み児を抱えて漁師町の実家へ帰るしかなかった。ろくでなしの男と一緒になると決めた時点で実家から勘当を言い渡されていたのだが、飛行機と電車とバスを乗り継いで家に帰ってみると、幸か不幸か、彼女を勘当したヤッスのお祖父さんは寝たきりになっていた。

ヤッスの母親はその変わり果てた姿に打ちのめされた。海の男だった父親の陽に焼けて精悍だった顔は、いまや丸めた羊皮紙みたいに白くて皺だらけになっていた。かつては一度の漁期で二千万円もの漁獲高をあげたこともあるそのたくましい腕は箸のように痩せ細り、探知機なしでも魚群を正確に見つけられた双眸には雨染みのついた天井板しか映っていない。彼女は寝たきりの父親の胸にすがりつき、あたしが馬鹿やった、お父ちゃんの話ばちゃんと聞いてあんな男と別れとったらこんなことにはならんかった、これからはあたしがお父ちゃんの面倒ば見るけんどうか許してください、ほら、この子がお父ちゃんの孫よ、名前は幸太郎よ、幸太郎はなんも悪くないっちゃけんねなどと言ってさめざめと涙を流した。すると父親が、あーあー、うーうー、と呻いた。

「あんまり興奮させんでください」と継母がこぼした。「この人は言うとりましたよ、わしの目の黒いうちはマサエにこのうちの敷居は跨がせんち」

ふん、とヤッスの母親は鼻で笑い飛ばした。「後妻のくせにえらそうに。言っとくけど、あんたがあがりこんでくるまで、あたしはこの家で暮らしとったっちゃけんね」

　ヤッスの母親は女手ひとつで息子を立派に育てあげようと不退転の決意をし、一日に二つも三つも仕事を掛け持ちしてがんばっていたのだが、ぼくたちが十歳になった年に殺されてしまった。

　犯人は彼女が働いていたスーパーの店長で、ヤッスのお母さんと結婚の約束を交わしておきながら、そのじつ妻子持ちだった。それでもヤッスのお母さんは男の言葉を鵜呑みにして、何年も辛抱強く待ちつづけた。

　悟りは唐突に訪れた。その男と外泊したある朝、彼女はさしたる理由もなく悲しみのうちに目を覚ました。なにかが溢れてしまったような感じだった。そしてこのままでは、自分はだめになってしまうと悟った。あたしはいったん男にのぼせあがったら、まわりが見えなくなってしまう。ホテルの窓から射しこむ朝陽のなかで、彼女はそう思った。店長はまだ豚みたいに鼾《いびき》をかいていた。このままはぐらかされつづけたら、あたしはこの人の家族に手出しをしてしまうかもしれない。

彼女は爪先立ちで浴室へ入り、シャワーを浴び、念入りに化粧をした。それから身支度を整えて、店長が目を覚ますのを静かに待った。下手な駆け引きをするつもりはなかった。一度、きれいさっぱりこの関係を終わらせる。もし彼があたしを選んでくれるなら、そのときは一から新しい関係を、幸太郎までも含めた関係をはじめられるかもしれない。そうでなければ、もうこれ以上誰かに期待するのはよそう。彼女は自分に言い聞かせた。これは幸太郎のためだけじゃない、だって幸太郎とあたしはふたりでひとつなんだから、あたしだけを愛して幸太郎は愛せない男になんか金輪際用はない。

やがて店長は鼾を喉に詰まらせ、それから幸福と疲労がないまぜになったような吐息とともに目を覚ました。

「起きた？」ヤッスの母親はにっこり微笑んだ。

すっかり着替えの済んでいる彼女を見て、店長は不思議そうに目をしばたたいた。

「もうこれで終わりにするけん」

出し抜けに発したその言葉が、彼の耳から脳にとどくまでしばらくかかった。見開いた店長の目の奥に、愛おしいほどの怯えが見て取れた。

「さよなら」くじけそうになる心を、彼女はどうにか笑みで鎧《よろ》った。「あたしたちはどっちにも捨てられんもんがあるけんね」

男が引き止めるより早く、ヤッスの母親は身を翻してホテルの部屋を飛び出していった。男のぬくもりを失ってしまった寄る辺なさに、涙があとからあとから溢れた。

ヤッスの母親は店長がすべてを捨てて自分を追いかけてくることを夢想しながら、ちょうどやってきた路線バスに飛び乗った。それはあまりにも甘美な想像だったので、最後部の座席に腰を下ろすなり、やっと止まってくれた涙がまたぽろぽろと流れ落ちた（バスの運転手が彼女のことを憶えていた）。そんなことはけっして起こりえない。そのことを正しく知っているがゆえに、彼女の思い描いた幸福は白い鳩のように力強くはばたき、ひとひらの羽だけを残して青空に吸いこまれていくのだった。

なぜぼくがそんなことまで知っているのかと言えば、たまたまぼくの母方の叔父が警察官で、この事件を担当したからだ。

叔父さんによれば、ヤッスの母親は加害者と別れたその足で漁協とガソリンスタンドのアルバイトへ行き、夕方までふだんどおり働いたそうだ。それから小料理屋の仕事へ出かけるまえに、家に立ち寄ってヤッスの晩ご飯をこしらえた。

そう、いつものように。

そのときのことを、ぼくはよく憶えている。砂利道の先に彼女が姿をあらわしたとき、ぼくとヤッスは港でもらった雑魚を近所の野良猫たちに食べさせていた。クロ、フクメン、ゴマ、グリグリ。ヤッスは猫の名前を一匹ずつ呼んで魚をやった。そうしないと、いつも食いっぱぐれるやつがいるのだ。チロ、グレ、ボーサン。夏はとうに盛りを過ぎていたけれど、夕焼けに赤く染まった山のほうからはまだ蟬の声が聞こえていた。汐風は鉄錆とディーゼル油と乾いた魚の味がした。それはあの漁師町で育ったぼくたちには馴染み深い、絶望によく似たにおいだった。

「ごめんね、幸太郎」小走りでやってきた彼女はヤッスに声をかけてから、ぼくに顔をふり向けた。「すぐに晩ご飯をつくるけん、栄洽《えいじ》くんも食べていき」

それからしばらくして、ヤッスの母親はあのスーパーの店長に殺されてしまった。丸五日行方不明になったあと、町から三十キロほど離れた山道に放置されていた軽自動車のなかで死体が見つかった。

その夜、安永家の夕食はすき焼きだった。ぼくたちは腹の皮がはち切れるくらい美しくサシの入った肉を食べた。いまにして思えば、あの豪勢なすき焼きはお祝いだったのだ。ヤッスの母親がひとつの恋に見切りをつけたことへの。

「ほら、ふたりともいっぱい食べり。早《は》よ大きくなって、おばちゃんに楽ばさせてね」

そのとき彼女はまだ二十九歳だった。

それから中学を出るまで、ヤッスは血のつながらない祖母に育てられた。

このお祖母さんとヤッスのお母さんは最後の最後までいがみ合っていたとみんなは言っていたけれど、だからといってお祖母さんがヤッスのことまで辛く当たるようなことはなかったと思う。いや、あったかもしれないけれど、ヤッスに関してはみんな辛く当たっていたので、お祖母さんだけを槍玉にあげるのは不公平というものだ。

このお祖母さんについては鮮明に憶えていることがある。

あれはぼくたちが小学校を卒業して中学へあがるまえの春休みのことだった。そのころのぼくはいまより二十キロほど太っていて、しかも漫画オタクだったので、まわりの同級生たちにとってはじつに取るに足りない存在だった。

その日、ぼくは裏山から吹き下ろす風に背中を押されてヤッスの家に行った。理由は忘れた。家で昼食を食べた記憶があるから、午後の一時か二時くらいだったと思う。ちっぽけな漁船が係留する湾を歩いていると、漁師たちが道端にすわって酒を飲んでいた。そこかしこで猫が日向ぼっこをしていた。巻き網を繕っている人もいた。道端の溝のなかで、桜の花びらが腐りかけていた。

ヤッスは家にいなかった。玄関から呼びかけたぼくの声は、暗い家の奥へと虚しく吸い込まれていった。念のために庭へまわってみると、掃き出し窓の開け放たれた縁側が春の陽射しに白っぽくかすんでいた。近づいていくと「気持ちんよかろ、気持ちんよかろ」という声が聞こえた。

縁側から座敷を覗き込んだぼくは、目に映ったものが理解できなかった。はじめはヤッスの寝たきりのお祖父さんの体を、お祖母さんが掻いてあげているだけなのだと思った。だけどそれにしては、ヤッスのお祖母さんのたたずまいは名状し難い緊張を孕んでいた。その緊張を、まだ子供だったぼくは恐怖した。それを見るまえとあとでは、自分がすっかり変わってしまうのだとわかった。もう取り消しも、後戻りもできない。同時に、大草原に落ちる雷に対するような畏怖と、生きていくうえでどうしても汚れてしまう肉体に対する嫌悪も感じた。

「気持ちんよかろ、気持ちんよかろ」

そう言いながら、ヤッスのお祖母さんは、意識のないお祖父さんの萎《しな》びた一物を無心にさすっていた。

ぼくは立ちすくみ、それから音を立てないように回れ右をした。いまこの瞬間に、ぼくは子供であることをやめなければならないのだと悟った。そして、ヤッスのことを考えて泣きたくなった。あいつはいつ子供をやめたのだろう。無理矢理子供をやめさせられた子供はきっと成仏できない地縛霊みたいになって、いつまでも子供時代に縛られているのかもしれない。

ヤッスがそうであったように。

ぼくは来た道をとぼとぼ引き返していった。湾で酒を飲んでいる人たちはまだ酒を飲んでいたし、日向ぼっこをしている猫たちはやっぱり日向ぼっこをしていて、くわえ煙草で漁網を繕っている人はあまりはかどっていないようだった。ほんのすこしの時間しか経っていないのだ。そのあいだに、じつに多くのことが変わってしまった。ぼくは、ぼくに子供をやめろと迫る場所から早く逃れたかった。それが叶わないのなら、どうあっても強くならなければならない。いますぐヤッスに会いたいような、金輪際会いたくないような気がした。

やさしい風のなかで、散り遅れた桜がくるくる舞っていた。

ぼくは漫画オタクだったが、漫画についてはいまでもよくわからないことがある。あのころ、ぼくを身も世もないくらい感動させていた漫画を、ぼくのことを虚仮《こけ》にし、他人の痛みこそ明日への活力だといわんばかりの連中も読んで感動していたのはいったいどういうわけなのだろう？　ぼくの知るかぎり、太っている同級生に面と向かって豚と言ったり、上履きを焼却炉で燃やしたり、バイキンが伝染《うつ》ると言って遠ざけたり、眼鏡を取りあげてみんなでわいわい投げあったりするような漫画の主人公などひとりもいない。そんなやつはいつだって主人公にやられるまでもなく、自滅へまっしぐらの卑怯者だ。そんな卑怯者が自業自得な目に遭えば、あの連中だってざまあみろと言って溜飲を下げるはずだ。なのに、どうして自分たちがその卑怯者となにも変わらないことに気がつかないのだろう？

みんなと分け隔てなく接してくれたのは、ヤッスだけだった。蛇蝎《だかつ》の如く嫌われていたヤッスのことをみんなは殴ったり蹴ったりしていたが、ぼくもときどきそうしていた。ただみんなとちがうのは、みんなが心からヤッスのことを嫌悪していたのに対して、ぼくは彼に対してある種の親近感を持っていたことだ。だから憎くてヤッスを痛めつけていたというより、じゃれあっていたと言ったほうが正しい。押すなって栄治、こんなところから落ちたら死ぬけんな、おい、やめれって！　ぼくたちは切り立った崖の防護柵の向こう側で、七十五メートル下の海面を見下ろしてゲラゲラ笑った。はぐれ者どうし、友達と呼べるのはおたがいだけだった。

そんなヤッスの独り言がいつはじまったのか、いまとなってはもう思い出せない。母親が殺されたあとから、というのは理に適っている。もしかしたら、寝たきりのお祖父さんがとうとうあの世へ行ってしまった中一の終わりころからかもしれない。

いずれにせよ中学のころには、ヤッスは腹に渦巻くどす黒い呪詛をところかまわず吐き出すようになっていた。もし町でスカートの短い女の子とすれちがおうもんなら、やれ売女め、やれ淫売のメス豚めとひそひそ毒づかずにいられない。

ひとたび独り言がはじまれば、どこまでも際限なくつづいた。どうせ男を何人もくわえこんどっちゃろうが、腐れまんこが、まあ見とけ、見る人が見たらおまえの正体やらすぐバレるっちゃけんな。

伏し目がちの横睨みでたらたら文句を並べていたと思ったら急に笑いだすこともあったので、はたで見ていると不気味だった。不気味かつ不吉だった。加えてひどいアトピー性皮膚炎持ちだから、口のまわりや首筋がいつもステロイド剤でぬらぬらしていた。見ようによっては、直立歩行する半魚人みたいだった。しょっちゅう掻きむしるものだから、首や腕の皮膚のやわらかいところはいつも血が滲んでいて、紫色に腫れていることもあった。

子供たちの遊んでいるボールがたまたまころがってくれば、かならず明後日のほうに蹴飛ばす。それで子供たちから文句が出ようものなら雑嚢《ざつのう》をふりまわして追いかけまわすので、ヤッスはふたつの校区にまたがって頭のおかしいやつだと知れ渡っていた。

暴走族のオートバイがバリバリ轟音を立てて県道を走っていけば、ここぞとばかりに声を張り上げた。ああ、やかましかね、なんが喧嘩上等や、貴様《きさん》こら、自分ひとりじゃなんもしきらん親のすねかじりが！　一度、それで相手のオートバイがUターンして戻ってきたことがある。暴走族の男はおろおろしているぼくのすぐ横にピンク色の改造オートバイを着けた。

「いま言ったの、おまえや？」

ぼくは首をぶんぶんふってヤッスをふり返った。驚いたことに、ヤッスは影も形もなかった。慌ててあちこちに目をめぐらせると、信じられないほど遠く彼方の橋の上を全力疾走している姿を見つけた。ヤッスはまさに飛ぶように走っていた。その走りっぷりからして、彼がかつて小児喘息を患っていたなんて誰も思わないだろう。暴走族の男はとりあえずぼくを殴っておこうと考えたにちがいない。けれどオートバイを降りかけた彼を、後部席の女の子が引き止めた。

「あれ、うちのクラスのやつよ」彼女の視線の先には、すでに点のように小さくなったヤッスがいた。「かわいそうな子やけん、ほっといてやり」

目を凝らしてよくよく見てみると、それはぼくたちのクラスの皆川夕季《みながわゆき》だった。

「なんがかわいそうとや？」

「四年生か五年生のときにお母さんが殺されたとよ」

皆川夕季がそう言うと、暴走族の男はすこし考えこみ、それからぼくに顔をふり向けてきた。

「おまえ、あいつのダチや？」

首を縦にふるべきか横にふるべきか、わからなかった。すると暴走族の男は毒気を抜かれたように溜息をつき、静かにその場から走り去ってしまった。

うしろに乗っていた皆川夕季が肩越しにふり返った。ほんの一瞬、ぼくたちは目を見交わした。彼女はぼくを憐れんでいるみたいだったけど、同時に自分自身も憐れんでいるように見えた。この町では哀れなやつ以外見たことがないと言っているみたいだった。

やがてオートバイが見えなくなっても、その低く唸るようなエンジンの音だけはしばらく聞こえていた。日本の田舎の若者たちにとって暴走族とは好き嫌いにかかわらず、直接的もしくは間接的に青春の一ページなのだ。

あまりにも頭にきていたので、ヤッスに一発食らわせないことにはどうにも腹の虫が収まらなかった。二十分歩いてヤッスの家に着くと、彼はいつものように野良猫たちに魚をやっていた。何事もなかったかのように、猫たちの名前を一匹ずつ呼んでいた。ぼくは大股で近づき、しゃがんでいるヤッスの脳天に思いっきり拳骨をふり下ろした。

「あ痛っ！」ヤッスが亀みたいにひっくり返り、猫たちがパッと逃げていった。「なんか、貴様《きさん》⁉ おれとやるや、このガリ勉が！　おまえがさっさと逃げんけん悪いっちゃろうもん。上等たい、かかってこい！」

唾を飛ばして怒鳴るヤッスの尻を、ぼくは容赦なく蹴り上げてやった。負ける気なんてしなかった。こう言えばわかりやすいかもしれない。勉強でも運動でも人生でも、安永幸太郎という人間はぼくたちが下には下があるさと言うときの下そのものなのだ。

「あ痛っ！　貴様、たいがいにしとけよ、これ以上やるんならおれも本気出すけんな！　あ痛っ！　やめれって！　あとで吠え面ばかくのはおまえのほうぜ！」

　捨て鉢になって摑みかかってきた彼の手を、ぐいっとひねりあげる。ヤッスの手をひねりあげたことがないうちは、赤子の手をひねるという言葉の本当の意味はわからないだろう。

「あいててて！　放せ、こら……やめれって言いよろうが、もう放せって……わかった、おれが悪かったけん、わかったけん放せって……折れる、折れるって！」

で、こっちが仏心を出して手を放すや、さっと飛び退いて石を投げつけてくる。ぼくとしては、どうあっても思い知らせてやらなければならない。そこで彼を追いかけまわしてさらに二、三発キツイのを見舞ってやった。

　それでとうとうヤッスがしくしく泣きだした。

「皆川がかばってくれたっちゃけんな」ぼくは腹立ち紛れに怒鳴りつけた。「やなかったら、いまごろあのヤンキーにボコボコにされとうぜ」


　ヤッスの頭では高校進学など夢のまた夢なので、ヤクザになる甲斐性がなければ、あの町では魚を捕って生きるしかなかった。ヤッスを船に乗せ、漁業のイロハを仕込んだのは、皆川夕季の父親だった。これは偶然でもなんでもない。皆川夕季の父親は若いころ、ヤッスのお祖父さんの船で働いていた。だからヤッスのお祖母さんに頭を下げられると、海の男らしくふたつ返事でヤッスを引き受けてくれたのだった。

第一志望の私立高校に落ちたぼくは、地元の公立高校へかよっていた。かたやふつうの高校生、かたや漁師になってしまったので、ぼくたちが顔を合わせる機会はめっきり減ってしまった。それでもときどき学校から帰ってくると、ヤッスの届けてくれた魚が待っていることがあった。タイやアラカブやミズイカ、それに地元ではアカバナと呼ばれているカンパチなんかが。

「あの子、ずいぶんたくましくなったよ」と母は感心したものだ。「これから遠洋にも出ることになるけん、これまでみたいにちょくちょく来れんて言っとった」

なにをやらせてもだめだったあのヤッスが、いまや自分の力でしっかりと人生を切り拓いている。そのことが、ぼくのなかにくすぶっていたなにかに火をつけた。こっちも負けてはいられないと、訳のわからない闘争心を燃やした。

そこで一念発起してダイエットをはじめた。間食をいっさい断ち、甘いものを遠ざけ、三度三度の食事の量を減らし、バス通学をやめて片道四十分の自転車通学に切り替えた。のみならず、来る日も来る日も近所をぐるぐる走り回った。甲斐あって、八十五キロほどあった体重が、一年足らずで七十キロを切っていた。

そんなわけで、ひさしぶりにヤッスと顔を合わせたとき、ぼくの変わりっぷりに彼は腰を抜かさんばかりに驚いた。それは高校三年生の秋口のことで、体育祭が終わり、ぼくは東京の大学に焦点を絞って受験勉強をはじめていた。湾では脂の乗ったカマスや戻りガツオ、秋の到来を告げるモチウオなんかが上がりはじめていた。

「ほんとに栄治や、おまえ?」声を詰まらせたヤッスは、ほとんど涙をこぼさんばかりだった。「どうしたとや、こげん痩せ細ってから……かわいそうに、おれがもっと魚ば持ってきてやっとったら……」

びっくりしたのはこっちも同じである。

これが本当にあのヤッスかと目を見張るほどに、ヤッスはすっかり見違えていた。遠洋漁業に出ていたこの一年くらいのあいだに、まず背が伸びていた。最後に会ったときとくらべて、少なくとも十センチは大きくなっている。そして体に厚みが出ていた。しかも外海の風がよかったのか、あんなにひどかったアトピーもほとんど目立たなくなっている。

人間、変われば変わるものだけど、もっとびっくりしたのは、外見の目覚ましい改善にもかかわらず、ヤッスの中身がまったくと言っていいほどむかしのままだったことだ。彼はぼくには忌憚がなく、ぼく以外の人間に対してはもっと忌憚がなかった。歩行器を押しながらえっちらおっちらとおり過ぎていく年寄りを横目で睨みつけては、とっととくたばりゃいいったい、あんなんなってまで生きとってなんが楽しいとや、無駄に長生きしやがってと吐き捨てる。ベビーカーを押している母親を見かけては、ガキなんかつくってどうするとや、こんな町で育ててもどうせろくな人間にならんっちゃけん、ガキば連れとったらなんでも許されると思ったら大間違いぜと毒づく。とどのつまり、ヤッスはうんざりするくらいヤッスのままだった。

「今度、結婚するけん」と出し抜けに言われた。

「え？」ぼくは目をぱちくりさせた。「誰と？」

山のほうから伸び出した蜩《ひぐらし》の声が、先細りに消えていった。海に沈む太陽を左手に見ながら、ぼくたちは湾のなかをぶらぶら歩いていた。人影はなく、夜の漁に出たのだろう、漁船もまばらにしか残っていなかった。猫が一匹、のんびりと道の先を横切っていく。割れたアスファルトにコスモスが咲いていた。

もったいぶってなかなか相手を言わないヤッスがひょいと堤防の上に跳び上がり、夕陽にむかって大きな伸びをした。

大きなフナムシが逃げていった。

「おい」ぼくはじりじりしながら彼を見上げた。「相手は誰やって？」

「夕季たい」

「ユキって……え？」びっくり仰天して開いた口がふさがらなかった。どう考えても、ぼくの知っているユキはひとりだけだった。「え、ユキって皆川夕季？　ヤッス、皆川夕季と結婚すると？」

彼がふり向いてにっと笑った。

あまりにも突然の告白に、しばらく二の句が継げなかった。皆川夕季はいったいなにを血迷ったのだろう？　ヤッスなんかのどこがよかったのだろう？　そんなことを当のヤッスに訊けるはずもなく、考えあぐねたあげく、ぼくはつぎに知りたいことを尋ねてみることにした。

「なんが決め手やったと？」

ヤッスは口のなかで独り言をぶつぶつ唱えながら、いっとき真剣に考えていた。首をひねったり、見えないオーケストラを指揮しているみたいに腕をふり上げたり、顎に手を当てて右往左往したあとでつっかえつっかえ言った。

「あいつはおれのことを正直やち言うた。頭んなかがごちゃごちゃしてキツかったときに、べつに独り言をやめんでいいち言うてくれた。肚に溜めこんで腐らすより、吐き出したほうがいいち」言葉を切り、自分を鼓舞するように何度か頷く。「罵り言葉は腹の底から出るもんやけん、いちばん誠実で嘘がないち言うとよ」

よくわからないけれど、なんとなくわかるような気がした。よくわからない部分は、そんなことくらいで男と女がくっつく理由になるのかということ。そして、なんとなくわかる部分は、皆川夕季のおかげでヤッスの気持ちが楽になったということ。

堤防の上の、夕陽に照り映えたヤッスのシルエットをひどく遠く感じたことを憶えている。ぼくたちは十八で、自分の口から出る言葉の半分もわかっちゃいない。そんな言葉を真に受けて、まるで積み木みたいに人生をどんどん積み上げていくヤッスの浅はかさと揺るぎなさにたじろがずにはいられなかった。

ある意味では、ぼくにはその積み木が崩壊するところがすでに見えていた。だけど、なにが言えただろう。こっちはただの高校生。で、あっちはもう自分ひとりの力で稼いで食っている立派な社会人なのだ。それに、さんざん迷ったあげく、けっきょくいちばんはじめに選んだものが正解だったということだってありえる。

「そっか」ぼくにできるのは自分をしっかりと束ね、上っ面だけでも彼を祝福してやることだけだった。「おめでとう、ヤッス」

カネがないからとりあえず結婚式はしないという話だった。

「そんなもんより早よカネば貯めて、中古でいいけん自分の船ば買おうち夕季とも言いよっちゃん。じつは来年ガキが生まれるったい」

「マジで！」

「ガキやら面倒なだけやけど、できてしまったもんはしょんなか。猫みたいに袋に詰めて海に捨てるわけにもいかんし……まあ、おれに似んことを祈るばかりたい」

これから生まれてくる赤ん坊を腐すヤッスは、それまでに見たこともないくらい幸せそうだった。

それからもヤッスの船が湾に帰ってくるたびに、ぼくたちは会ったり会わなかったりした。ヤッスはいつも新鮮な魚を届けてくれたけど、それぞれの人生を真面目に生きようとすればするほど、おたがいの存在がだんだん厭《いと》わしくなっていった。ぼくはヤッスが夢中でまくしたてる最新式の魚群探知機や冷蔵設備や漁船の話に興味が持てなかったし、彼のほうでも東京に行くまえからもう東京にかぶれているぼくの話なんか面白くもなんともなかったはずだ。

でも、それはたいした問題ではない。

なぜなら小学生のころから、ぼくたちの話が嚙みあうことなんてめったになかったのだから。話が嚙みあわないことが問題なのではなく、話が嚙みあわないやつとは一緒にいても仕方がないと思うようになってしまったことが問題なのだった。ヤッスが誰かの背中に毒づくたびに、ぼくは耳をふさぎたくなった。彼がところかまわず唾を吐いたり、煙草を投げ捨てたりするたびに、一緒にいることが恥ずかしくなった。デブと負け犬のハブられコンビだったころは、ぼくだって意気揚々と唾を吐き飛ばしていたというのに。たぶん、あきらめていたのだ。どうせぼくなんか、ヤッスみたいなひねくれ者としかつるめないのだと。

ぼくたちは正しく成長してしまった。いろんなことに希望が持てるようになった反面、おたがいをそれほど必要としなくなった。彼には彼の現実があり、ぼくにはぼくのがあった。そして往々にして、自分の現実よりも他人の現実のほうが鼻につく。

その日、たまたまぼくが目撃した現実もまさにそれだった。

ヤッスが結婚の報告に来た二、三ヵ月後のことで、ぼくは学校帰りで信号待ちをしていた。季節は冬になっていた。どんよりと曇った一日の仕上げに、夕方から小雪がちらつきはじめた。ぼくは自転車にまたがってぶるぶる震えながら、願書を出すべき大学や受験費用やセンター試験のことなんかをぼんやり考えていた。真横にその黒い車が停まったときもまだそんなことを考えていたけど、それも助手席の女性の短いスカートと白い太腿が目に入るまでだった。頭のなかがいっぺんに吹き飛んだ。

高鳴る胸を抑えながら、その素敵な太腿を盗み見ずにはいられなかった。彼女は運転席の男となにか話し、それから煙草に火をつけて一服した。顔は明るい色の長い髪に隠れていて、襟に毛皮のついたセーターを着ていた。運転席の男が手を伸ばすと、彼女はその指に自分の煙草をはさんでやった。それから窓の外へ顔を向けた。ほんの数秒、ぼくと目が合った。すぐに信号が青に変わり、黒い車はゆっくりと交差点を走りぬけていった。

ぼくは呆気に取られて遠ざかる車を見送った。彼女はぼくのことがわからなかったみたいだけど、こっちは彼女のことを見間違えるはずがなかった。皆川夕季の半開きの目は、あの日、暴走族のオートバイの後部席からふり返ったときのままだった。なにもかも見えていて、なにも見ていなかった。

低く垂れこめた雲から剝離した雪が、なにかを予言するように降りつづいていた。

口をぎゅっと引き結ぶと、唇が切れて血が出た。ぼくは凍えながら、自転車を漕いで家に帰った。年が明ければ、この町から出ていけるかどうかの天下分け目の戦いがはじまる。余計なことに気を散らしている場合ではない。ぼくにはもうあまり時間がなかった。

翌年、晴れて東京の大学生になった。

憧れの東京生活は刺激に満ちていて、朝はこれこそ本当の人生なのだと感謝しながら目覚め、夜はあの漁師町に囚われたままどこへも行けない哀れな魂たちに同情を寄せながら眠った。

東京では誰も自分自身を説明するために改造オートバイの爆音にたよったりしない。陽にこんがりやけた塩っ辛い皮膚なんて評価されず、歯は輝くばかりに白く、もちろん吐く息だって魚臭くない。まるで保育器のなかにいるみたいに、ぼくたちのまわりはいつも心地よい温度に保たれていた。知り合う人々もみんな適温で、ほんのすこしでも温度差があれば無理につきあう理由などどこにもない。だってぼくが乗っているのは四方を海に囲まれた漁船などではなく、いつでも降りたいときに降りられるＪＲ線や東京メトロなのだから。

またたく間に時は過ぎ、ぼくのなかでヤッスの存在は思い出したくないほかの記憶とともに風化していった。たまに帰省したときに不意に思い出すことはあっても、わざわざ連絡を取ったりはしなかった。ヤッスのほうでも、もう魚を届けに来ることはなかった。

「そういえば安永くん、元気にしとうみたいよ」夕飯のために魚を処理している母がおもむろにそう切り出した。「もうお子さんがふたつになるみたいやね」

だらしないかっこうでリビングのソファにすわっていたぼくはちらりと母を見やり、またぞろテレビに目を戻した。

大学三年生の夏に帰省したとき、中学のときの同窓会の連絡が来た。ヤッスも含め、とくに会いたい人がいたわけではないけれど、かつてぼくのことを馬鹿にしていた同級生たちを見下すいい機会だったので、めかしこんで出かけていった。ぼくの知るかぎり、ぼくたちのクラスから東京の大学へ進学したのは、ぼくひとりだけだった。

彼らの記憶のなかでぼくは瓶底眼鏡をかけた太っちょだったので、すっかり痩せてコンタクトレンズに切り替えたぼくを見て誰もが目を丸くした。ぼくは紺のジャケットに白いジーンズを合わせ、素足に金のバックルのついたローファーを履いていたので、万年ジャージか作業着、せいぜい田舎の公務員然とした人たちのなかにあっては浮きまくっていた。むかしとちがうのは、自分が浮いていることにぼくがもはや苦しめられておらず、逆に慰められるようになっていたことだ。だから誰に対しても礼儀正しく、おだやかに接することができた。大学は渋谷にあるよ、うん、でもたいしたことないよ、渋谷より下北沢とかで遊ぶことのほうが多いかな、バイト？　塾の講師をやってるよ、中学生に英語と国語を教えてる、まあ、教えてるって言っても、練習問題をさせてちょっと解説をしてやるくらいなんだけどね……

「塾講師って時給いくら？」

「うちは二千三百円かな」

すると彼らはハッと息を呑み、まるでその時給を魚の値段にでも換算しようとするかのように目を泳がせるのだった。

彼らはぼくと一緒にいてとても居心地が悪そうだったので、ぼくは気分がよかった。彼らとはちがう世界に属しているのだという手応えをひしひしと感じた。いまの人生と死ぬまで付き合うしかない彼らに、東京での就職活動の話をするのは愉快だった。とりわけぼくがマスコミ関係を志望しており、彼らが毎日見ている番組をつくっているテレビ局や、子供のころ夢中で読み耽った漫画を出している出版社なんかを狙っていると知ったときの顔ときたら！　自分たちのセコい漁船からぴかぴかの大型クルーズ船を仰ぎ見ているような顔つきだった。なにも言わずにそこにいるだけで、ぼくは彼らを否定することができた。彼らにできるのは、ぼくからこそこそ離れていくことだけだった。

ヤッスは漁に出ていて同窓会を欠席していたが、皆川夕季は出てきていた。ぼくは手酌で焼酎をあおり、横眼でちらちら彼女を見やった。中学生のころ、彼女はぼくやヤッスとはちがう理由でやはり浮いた存在だった。みんなに一目置かれていて、なんとなく近寄りがたい雰囲気があった。彼女の目はいつも冷ややかで、ぼくたちがまだ知らないことをもうさんざん見てきたと言っているみたいだった。

唐突に、ぼくは皆川夕季を自分のものにしたいという衝動に駆られた。そのあまりの突拍子のなさに息が苦しくなった。彼女を征服しなければ、本当の意味で古い世界を乗り越えたことにはならない。そんな考えが念頭をよぎった。たぶん、飲み過ぎていたのだ。それがヤッスに対する裏切りだということは百も承知していたけれど、ヤッスはもはや義理立てしなければならない相手ではなかった。とっくのむかしにぼくはこの漁師町ごと、ヤッスのこともくしゃくしゃに丸めて捨てていた。

あの小雪のちらつく日に垣間見た皆川夕季の眼差しがぼくの下劣な情欲を後押しした。黒い車の助手席に乗っていた彼女はとても短いスカートを穿いていて、美しい脚を夫ではない男の手のとどくところに置いていた。

酒に濁った目で、皆川夕季を舐めるように眺めた。もし彼女のお好みが強い男だというのなら、この世界でものを言うのは腕力でも改造オートバイでもないということを教えてやるべきだ。そうだとも。ぼくはビール瓶片手に、悲壮な決意を胸に抱いて皆川夕季ににじり寄った。

「ひさしぶり」垢ぬけた都会風の笑顔で声をかけたものの、ビール瓶を掲げる手は情けないほど震えていた。「ヤッスは元気にしてる?」

「元気よ」皆川夕季は小さく会釈し、グラスでビールを受けた。「そっちも元気そうやね、すっかり東京弁になって」

ぼくたちは軽くグラスを合わせた。

「でも、まさか皆川さんがヤッスと結婚するとは思わなかったよ」

彼女は曖昧に微笑み、グラスに口をつけた。

しばらく他愛のない話をした。子供が生まれてからというもの、ヤッスは遠洋に出ることを避け、せいぜい一ヶ月単位で沖合に出ているという話だった。

彼女の歓心を買おうと、ぼくは東京での充実した生活を五割増しくらいでまくしたてた。テレビで紹介されていた人気店のことや、街で見かけた芸能人のことなんかを。彼女は時折相槌を打ってくれた。声を立てて笑いさえした。なのに話せば話すほど、自分が哀れになった。いまにもあの冷めた目でこう言われるのではないかと怯えた。で、それがなんなん？　東京がバリバリと引き剝がされていくような苛立ちが募り、そのたびに酒に逃げた。

「ちょっと、そんなに飲んで大丈夫なん？」

　ぼくはギャンブラーが手のなかのサイコロに息を吹きかけるように酒をあおり、いきなり核心に切りこんだ。

「ねえ、どっかで飲み直さん？」

「ほんとに大丈夫？」彼女が困ったように笑い、水の入ったグラスをぼくのまえに置いた。「ほら、水を飲み」

　つまり、ぼくは東京で酒の飲み方すら学ばなかったということか。ふと地元に残って変わり映えしない人生を送っているやつらのほうが一段と立派に思えたが、それは断じてあってはならないことだった。その夜にかぎっていえば、子供扱いされるくらいなら薄汚いやつだと思われたほうがましだった。

「皆川さんさあ、浮気してない？」

　つぎの瞬間、彼女はぼくのよく知っている彼女に戻っていた。皆川夕季の瞳には、このくだらない世界を象徴するものとしてのぼくが映りこんでいた。同時に、かすかな動揺も見て取れた。

「まえに見たっちゃんね、皆川さんが男の車に乗っとるところ、あれって暴走族やったむかしの彼氏？　それともべつの人？」

こちらの声が高かったのか、彼女は他人の耳を気にして視線をさまよわせた。そんな皆川夕季は見たことがない。あの皆川夕季を動揺させることが自分にできるなんて、思ってもみなかった。ほかの人たちはそれぞれ小さなグループに分かれて盛り上がっていた。ぼくたちのほうに注意を払う者なんかいなかった。

「べつにいいと思うよ」呂律のまわらない口でつづけた。

「誰だって人には言えんことのひとつやふたつはあるしね」

「栄治くんと幸太郎は友達だと思っとった」

沈黙が流れた。頬杖をついた皆川夕季はどこでもないどこかを見つめ、ぼくは壁に頭を打ちつけたい気分でいっぱいになった。

「じゃあ、どっか行く？」

驚いて顔を上げる。自分の耳が信じられなかった。

「人に言えんことがしたいっちゃろ？」皆川夕季が言った。

「どっか連れてってよ」

そのとたん、心臓が腹の底へすとんと落ち込むような恐怖に搦め捕られた。

ロシアンルーレットで自分の番がまわってきたような感じ、とでも言えばいいだろうか。皆川夕季は事もなげに銃口をこめかみに押し当てて引き金を引いた。こんなに簡単なことだとは思いもしなかった。つぎはぼくがそれをやらなければならない。この馬鹿げたゲームをつづけることで得られるものと失われるもの、それらがアルコールといっしょくたになってぼくのなかで激しくせめぎ合った。得られるものは即物的で、失われるものは漠として抽象的で、魂の領域に属するものだった。それがぼくを怯えさせた。ぼくたちの立場は逆転していた。こっちがどう出ようと、もはや彼女がこの勝負に負けることはない。皆川夕季は手札をすっかりテーブルにさらけ出していて、あとはぼくが自分の頭を吹き飛ばすもよし、尻尾を巻いて逃げ出すもよしだった。

　引き金を引くには覚悟がぜんぜん足りなかったので、ぼくは尻尾を巻いて逃げ出すほうを選んだ。やにわに頭をふらつかせ、この一切合切は酒のせいだといわんばかりに座卓に突っ伏してにたにた笑った。腕を投げ出してグラスや皿をひっくり返したが、半分はわかってやっていた。その物音に引き寄せられた数人が、酔いつぶれたぼくを見て笑った。彼らの目にぼくが可愛げのある意地っ張りに映ってくれることを願った。悪気はなかったとよ、ただ東京の風にあてられとったし、みんなとひさしぶりに会ってのぼせあがっとっただけやけん。いかにも気分が悪そうなふりをしたので、誰かがトイレまで連れていってくれた。すると本当に気分が悪くなって、盛大に吐いてしまった。ほんのすこしだけ目を閉じたつもりが、そのまま閉店時間まで個室に倒れていた。そして気がつけば、ひとりきりで居酒屋のまえにたたずんでいた。

　目をしょぼつかせて腕時計を覗くと、もうすぐ午後十一時になろうとしていた。田舎の午後十一時は東京の午前三時よりうんと救い難い。うんと暗くて、うんとねっとりしていて、いまいる場所からどこへも行けそうにないという気になる。風はなく、蒸し暑い夜の底に後悔だけが吹き溜まっていた。とりあえず自販機で水でも買おうとあたりをきょろきょろ見まわしているときだった。

「大丈夫？」

首をねじって声がしたほうを見やると、皆川夕季がガードレールに腰かけて煙草を吸っていた。ぼくはためらい、それから足を引きずって彼女のところまで行った。すると、彼女が、ペットボトルの水を差し出してきた。ぼくはそれを飲み、彼女とならんでガードレールにもたれた。飲みすぎとたしなめられて、ぼくは素直にこうべを垂れた。

「でも、誰にでもそういう日はあるよ」皆川夕季が言った。

返す言葉もない。

「幸太郎はいいやつやけん」

「大丈夫」どうにか絞り出した声は酒に焼けてかすれていた。「ヤッスに言ったりしないから」

「いまの子供は幸太郎の子やないとよ」

ぼくはびっくりして彼女に顔をふり向けた。

「妊娠して、男に捨てられて、赤ちゃんを堕《お》ろそうと思って幸太郎に同意書を書いてくれってたのんだら、そんなことしたらいかんて叱られた」皆川夕季は煙草を吸い、静かに言葉を継いだ。「へんなやつやろ？　あいつ、お父さんに捨てられとうけん、そういうことが許せんっちゃろうね」

それきり会話が途切れ、ぼくたちはアスファルトの割れ目を睨みつけたり、店仕舞いをしている居酒屋を眺めたり、背後の県道を走りぬけていく車のヘッドライトから顔をそむけたりした。まるで小さな箱に閉じこめられているみたいに息苦しかった。

妊娠したけん堕ろす？　ざけんなよ、貴様《きさん》こら！　ひとりぼっちでわめき散らすヤッスの後ろ姿が見えた。

頭を掻きむしるヤッス、唾を吐き飛ばすヤッス、拳が破れるまで壁を殴りつづけるヤッス。年中そんな短いスカートば穿いてちゃらちゃらしとうけん腹ぼてになるったい！　ヤッスが結婚の報告に来たのはそのあとなのだ。嵐が去ったあと、彼は他人の子を自分の子として育てようと決心した。ガキやら面倒なだけやけど、できてしまったもんはしょんなか。あの黄昏の海に向かってそう言ったヤッスは、本当に、混じりけなしに幸せそうだった。まあ、おれに似んことを祈るばかりたい

……

皆川夕季が煙草を地面に落とし、ガードレールから下りて踏み消した。

「あいつは栄治くんのことを友達と思っとうけん、栄治くんもあいつの友達でおってあげて」

それだけ言い残して立ち去ろうとする彼女に、ぼくは慌てて声をかけた。「じゃあ、あの車のやつは？　あのとき、もうヤッスと一緒になっとったよね」

非難めいた自分の声にたじろぎながらも、ぼくは皆川夕季の背中を睨みつけた。

「あぁあ」彼女は足を止め、まばらな星空を見上げ、それから肩越しに微笑んだ。「人には言えんことばっかりやね、あたし」

それが皆川夕季を見た最後だった。

それからしばらくして、彼女はヤッスと子供を捨てて蒸発してしまった。人づてにぼくがそのことを知ったのは、何年もあとになってからだった。

大学を卒業すると、そのまま東京の出版社に就職した。

漫画にかかわる仕事がしたかったのだけれど、最初は営業部に配属され、つぎは書籍編集部で文芸書をつくらされた。それなりに面白い仕事ではあったけれど、丹精こめてつくった本はさっぱり売れず、たとえ売れたとしても漫画の比ではなかった。

いくつか恋愛を経験したけれど、どれもあまりいい終わり方ではなかった。ありていに言えば、ひどいものだった。同僚たちに言わせれば、ぼくが付き合う女性はみんなどこか壊れているらしい。

援助交際経験のあるキャバ嬢、彼氏に暴力をふるわれていたホステス、手首にためらい傷のあるガールズバーの店員、彼氏が刑務所に入っている新人作家なんかと付き合っていると、知らず知らず彼女たちを皆川夕季に重ねていることがあった。彼女たちはけっしてぼくの手には負えなかった。最終的に精神病院に行き着いた娘《こ》もいれば、コートの下に包丁を隠し持ってぼくを待ち伏せた娘もいた。そんなときはいつでも肝を冷やしたけれど、つぎに付き合うのも似たり寄ったりの境遇の娘だった。

手の施しようもなく荒れ果てた彼女たちの人生に、びっくりするほど純粋で美しいものを発見することがある。援助交際をしていたキャバ嬢が撮った光と影の写真、募金箱にお金を入れるリストカッター、ホームレスのために炊き出しをするホステス。そんな彼女たちの横顔は、いつでもぼくを狂おしい気持ちにさせた。

――人には言えんことばっかりやね、あたし。

あの夜の皆川夕季のように、彼女たちもねじくれた人生を素直にさらけ出してくれる瞬間がある。するとぼくのほうではこの娘を救えるのは自分だけだと思いこみ、使命感のようなものに駆られてあれこれ世話を焼き、間違いを正そうと躍起になり、結果としておたがいをさんざん傷つけることになるのだった。

ヤッスのことを思い出すことはほとんどなかったけど、あるときひょっこり夢に出てきた。

そのころ、ぼくは大きな問題を抱えていた。彼氏が刑務所にいる新人作家を妊娠させてしまい、しかもその彼氏がもうすぐ出所することになっていたのだ。彼女によれば一度怒りだすと手が付けられない男で、そもそも刑務所に入ることになったのも、彼女に言い寄ってきたバイト先の先輩を背中から刺したせいだった。その先輩は一命こそとりとめたものの、肺を片方やられたせいで陸上競技をあきらめねばならず、一生息切れと咳と縁が切れなくなってしまった。

ぼくはいつものように冷静に対処した。つまりこのへんが潮時だと思い定め、人工中絶こそが最善の道であると彼女に因果を含めた。

「たしかにここでぼくが殺されたりしたら、きみはそれを小説に書くことができる。もしかしたら、それで有名になれるかもしれない。だけどそうやって摑んだ名声は、すぐ世間に忘れられるよ。きみは一生、担当編集者の死を利用して本を売った作家というレッテルを貼られてしまう。それを背負っていく覚悟はあるの？」。

電話の向こう側で、彼女は泣いていた。彼女のような女性を好きになるときは皆川夕季がいつも一枚噛んでいるけど、彼女のような女性と別れようとするときにも皆川夕季が一枚噛んでいるのは不思議といえば不思議、当然といえば当然だった。ときどき、彼女たちはあの魚臭い漁師町そのものだという気がする。そこから逃れたくて東京へやってきたのに、いまだになにかがぼくをあそこへ縛りつけている。

「出張から帰ってきたら一緒に病院を探そう。大丈夫、きみが思うほど深刻なことはなにもないよ。だってきみはまだ若いし、才能があるんだから。帰ってきたら連絡する、いいね？」

通話を切り上げ、溜息をついてソファに身を投げ出し、自分を取り巻くものを眺めた。無理をして買ったカッシーナのソファ、ポール・ヘニングセンのペンダントランプ、アルネ・ヤコブセンの壁時計、オーク材の造りつけ書架、青い空と赤いアメ車が気に入って買った鈴木英人の八〇年代のリトグラフ——それらは無意味ではあるけれど、どれも漁船や改造オートバイや十八歳で結婚してしまう人たちの対極にあって、ぼくの人生を彩り豊かに意味づけてくれる。

スマホで「中絶」と「同意書」について検索してみると、人工妊娠中絶手術を行う場合には母体保護法の定めにより男性の同意書が必要となると書かれていた。ただし、以下の場合は必ずしもそのかぎりではない。強姦による妊娠、相手がすでに死亡している、相手と連絡がつかない、相手が複数いて誰だかわからない、そのときの記憶がない。

なるほど。

つまり、どうとでもなるということだ。ぼくはアルセニオ・ロドリゲスの陽気なキューバ音楽をかけ、グラスにラム酒を注ぎ、ソファに戻ってくつろいだ気分で飲んだ。これぞ人生だ。たしかに女とは故郷のようなものだ。故郷が恋しくなれば、ぼくは一艘の船のようにあの懐かしい湾を目指す。

そして故郷にうんざりすれば、さっさと列車に飛び乗ってちがう人間になるしかない。

不意に乾いた魚のにおいが鼻先をよぎった。

はじめは気のせいだろうと思い、つぎに誰かがスルメでも炙ってやしないかとベランダを覗いてみた。ぼくは困惑し、腕を持ち上げて体のあちこちを嗅いでみたり、台所の流しに顔を近づけてみたりした。しかしけっきょくにおいの出処はわからず、熱いシャワーを浴びて、酒を飲みながらキッチンテーブルで原稿を読んでいるうちに気にならなくなった。

ヤッスが夢に出てきたのは、その夜である。

夢のなかで、ヤッスは地面にぽっかりと開いた穴のなかにいた。おい栄治、と彼は呼びかけた。どうしたらこの穴から出れるか知っとうや？　早く摑まれ。ぼくは手を差し伸べた。ひっぱり上げちゃるけん。彼の手を摑まえたとたん、ぼくたちは入れ替わっていた。穴のなかにいるぼくを、ヤッスが上から見下ろしていた。ヤッスの目から見たぼくは、むかしのように瓶底眼鏡をかけた肥満児だった。たすけてくれ、ヤッス。ぼくは懇願した。早くひっぱり出しちゃれ。おい、この色男、なんでも人のせいにしとったら生きるのが楽やろうね、おお？　子供のころのヤッスがステロイド剤でべとべとの顔を邪悪にゆがめた。夕季があんなやけん、夕季みたいな女はみんな同じじゃ？　捨てられるまえに自分から捨てたほうが賢いとや？　それが東京ふうや？　おまえみたいなやつはな、このバカタレ、このデブのオタク野郎、けっきょくどこにも行けんったい。ヤッスはせせら笑い、背中を向けて歩き去ってしまった。あたりにはつんとする魚のにおいが漂っていた。穴のなかに取り残されたぼくは、いつまでもぶるぶる震えていた……

福岡で担当作家と会い、打ち合わせと称して深夜まで酒を飲んだ翌朝、まるではじめから予定していたかのように、ぼくは電車とバスを乗り継いで実家へ帰った。

町に着いたのは午後一時で、薄曇りの空に大理石のような模様がついていた。バス停のそばの老木に渋柿がたくさんなっていた。十一月にしては暖かな風が西から吹いていて、県道を歩いているとすぐに汗をかきはじめた。母は家にいて、庭の植物に水をやっていた。

「あら、どうしたと？」そう叫んでゴムホースごとぼくに向き直ったので、危うく水がかかるところだった。「あんた、なんかあったと？」

仕事で近くまで来たから寄ってみただけだと言った。「それより、まだ昼飯を食ってないんだけど」

しげしげと息子を見つめながら、母がつぶやいた。「本当やった」

「なにが？」

「朝のニュースの占いで、今日は懐かしい人と会えるて言っとったけん」

母と一緒に数えてみて驚いたのだが、まえにぼくが里帰りをしたのはもう四年もまえのことだった。ちょうどそのころ書籍編集部に異動になり、それがなしくずしに親不孝の言い訳になった。これからはもっとちょくちょく帰ってくると約束させられたあとで、母のナポリタンをひさしぶりに食べさせてもらった。

「今日は泊まっていくっちゃろ？」

そのつもりだと答えると、母は幸せな蜜蜂みたいに立ち働き、これも食べろ、あれも美味いぞといろいろ出してくれた。そんな母の相手をしているうちに、居間のソファで眠りこんでしまった。不吉な魚のにおいに眠りを破られるまで、小一時間ほどまどろんだ。ガバッと跳ね起きたぼくを、台所で料理をしていた母が不思議そうに見つめた。母はアジに衣をつけて揚げていた。

「こっちの魚、ひさしぶりやろ。お父さんに電話したら、今日は早く帰ってくるって言っとったよ」

ぼんやりと数日前の夢について考えた。あの穴倉から這い上がったら、いきなり実家に出てきてしまったような気分だった。もとのデブに戻ってしまったみたいに体が重く、頭はもっと重かった。外の風に当たりたくて、そのへんを散歩してくると母に言い残し、家を出て海のほうへぶらぶら歩いていった。

湾にはいまも猫たちがたむろしていて、夜の漁に出る男たちが忙しそうに動きまわっていた。まるで時間が止まってしまったみたいに、この町はなにひとつ変わっていない。堤防の落書きまで十年前と同じだった。船の上や干してある漁網の陰にヤッスの姿を捜したけれど、どこにもいなかった。あのころ、ぼくたちは誰からも相手にされず、いつもふたりきりだった。

ヤッスが結婚の報告をした堤防の同じ場所で、男の子がひとり夕陽に向かってトランペットの練習をしていた。彼もまたこの漁師町で窒息しかけているように見えた。トランペットがなければ息を吸うことも、叫ぶこともできないのかもしれない。そのたどたどしいメロディを聞きながら、すこし離れた堤防に寄りかかってポケットからスマホを取り出した。東京の彼女に電話をかけるべきだと思ったが、自分がけっきょくそうしないことはわかっていた。選択肢はふたつだけで、いま電話をかけてしまえば、昨日までは論外だった道に引きずりこまれてしまう。

それが恐ろしかったし、どこかにきっと出口があるはずだった。

スマホをポケットにしまうと、いったん県道に出てから、あてどなくうろつきまわった。同窓会の夜に乱酔した居酒屋はつぶれていて、スマホショップになっていた。ヤッスが暴走族の男からウサギみたいに逃げ出した橋のたもとには、誰かがきれいな花束を手向けていた。県道沿いのうらぶれたラブホテルのネオンサインが遠目に見えたとき、そこがヤッスのお母さんとあのスーパーの店長が逢引きに使っていたホテルだということを思い出した。彼女が殺されたのは二十九歳のときで、ぼくはもうあのときの彼女の年齢を追い越していた。

まるで自分の人生について書かれた本のなかを歩いているみたいだった。凶暴な感じのする黒い車とならんで信号待ちをしたときには、助手席に皆川夕季が乗っているような気がして目を凝らした。どこかにこの穴から出られる手掛かりはないかと探しながら、ずんずん歩きつづけた。そして、魚のにおいについて考えた。あれはきっと罪悪感のにおいだったのだ。積もりに積もった罪悪感が腐乱して、とうとう魂から溢れ出てしまった。そんなふうに思った。歩くゴミ屋敷になってしまったような気分だった。ポケットのなかでスマホが振動しても、きっと母からだろうと思ってほうっておいた。

いつしか陽はとっぷりと暮れていた。

川を遡《さかのぼ》る意固地な魚みたいに歩いているうちに、気がつけばヤッスの家まで来ていた。

アスファルトの舗装路と砂利道の境にある電柱の凸面鏡に家の明かりが映っている。その砂利道のどん詰まりのあばら屋がヤッスの家だった。砂利道の脇にガラクタが放り出してあった。錆びた三輪車や、カラーボックスや、年寄りのキャリーカートや、見ただけで体が痒くなりそうなソファなんかが、電柱の防犯灯の下にたたずみ、その根元にある汚れた餌皿を見下ろしたとき、時間がねじ曲がってしまったような眩暈《めまい》を覚えた。

それは子供のころに、ヤッスが野良猫に餌をやるときに使っていた皿だった。ヤッスの母親が殺されるすこしまえに、ぼくはヤッスの家ですき焼きを食べさせてもらった。あのときも、ぼくたちはこの電柱の下にしゃがんで、雑魚に食らいつく野良猫たちにかまっていた。

ヘッドライトの光がのんびりと近づき、数時間に一本しかない路線バスがガタゴト走っていく。舗道の先にあるバス停を眺めやると、バスから降りてくるヤッスの母親の亡霊が見えた。あの日、バスを降りたヤッスの母親は小走りでぼくたちのところまでやって来た。彼女は慌ただしくヤッスにあやまってから、ぼくに夕飯を食べていけと言ってくれた。悲しくなるくらい、ヤッスの母親はいつもどおりだった。

誰もがいつもどおりの下に、いつもどおりなんかじゃないものをいっぱい隠し持っている。いつもどおり帰省したぼくは、堕胎させなければならない女を東京に待たせている。そして彼女は堕胎したあとも、いつもどおりに小説を書きつづけるのだろう。ぼくはいつもどおりに彼女の原稿を読み、いつもどおりの手順でそれを本として世に送り出す。そうやっていつもどおりのことをこつこつやっているうちに、新しいいつもどおりができあがっていく。

ヤッスの家に目を向け、それから黒い山へ向かって伸びる舗道を見渡した。砂利道のすぐ先には絶望があったけれど、舗道の先にあるのも先延ばしにされた絶望だけだという気がした。だとしたら、と思った。やっぱり舗道を行ったほうが無難じゃないか。

きびすを返して来た道を戻りかけたとき、引き戸がガラガラッと開く音がした。足を止めてふり向くと、ヤッスの家の軒灯がまたたきながらともり、つづいて女の子がひとり走って出てきた。砂利を蹴る彼女の足音は力強かったが、それも電柱の下に見知らぬ男が立っていることに気づくまでだった。ぼくは戸惑い、用心してゆっくりと近づいてくる彼女を怯えさせまいと明るく声をかけた。

「安永さんのお宅ですか？」

それで女の子はいっぺんに警戒を解き、さっと駆け寄ってきてぼくをしげしげと見上げた。十二、三歳くらいに見えた。

「だれ？」

彼女の大きな目を見てまず思ったのは、人懐っこい子だな、ということだった。もしぼくが悪い人だったらどうするんだろう。その整った顔立ちのなかに、皆川夕季の面影がゆっくりと浮かび上がる。まじまじと見つめてくる不審な男に怖じ気づくこともなく、女の子はせっついた。

「ねえ、だれね？」

「ヤッスの……」唾を呑み下してから言い直した。「えっと、安永くんの娘さん？」

「ああ、お父ちゃんのお客さんね」

ヤッスの娘はぼくの脇をすり抜けて、電柱の根元にしゃがんだ。そのとき彼女が着ているピンクのトレーナーから、春の花のような柔軟剤の香りがした。持っていたビニール袋から魚の切り身を餌皿に絞り出すと、立ち上がってぼくのほうに向き直った。

「お父ちゃん、漁に出とっておらんよ」

「え？　じゃあ、うちにひとりでいるの？」

ううん、と首をふった。「おばあちゃんと一緒やし」

おばあちゃん？　おばあちゃんって、あのおばあちゃんか？　目を白黒させているぼくをよそに、彼女は舗道の反対側の草むらに向かって声を張り上げた。

「ごはんよ、チロ、タロ、マダラ、ミミナシ、トラ、ガチャメ！　早よ来《こ》なくなるよ。あんたらのご飯をもらいに行くのはたいへんっちゃけん、早よ来《こ》な三味線にしてしまうけんね。チロ、クロ、マダラ、ミミナシ、トラ、ガチャメ！」

その言い方があまりにもヤッスに似ていたので、ぼくはなんだか嬉しくなった。ヤッスとヤッスのお祖母さんは血がつながってない。ヤッスとこの子だってそうだ。そんな三人がどん詰まりの一軒家で暮らしている。なのにヤッスの娘はどこにも屈託がなく、よれてはいるけれど申し分なく清潔な服を着ていて、どんなにひねくれた見方をしても悲しみや不幸せとは縁がなさそうだった。

風が吹き渡り、草むらを揺らした。しばらくすると、どこからともなく猫がニャアニャア鳴きながら寄ってきた。あるものは餌皿にまっしぐらに駆け寄り、あるものは道の真ん中にすわって毛づくろいし、またあるものはぼくとヤッスの娘に頭をごりごり押し付けて甘えてきた。

「クロとミミナシとトラ、あんたらも早よ食べり！」ヤッスの娘はビニール袋をふりまわした。

「早よせんと、この袋に入れて海に捨ててしまうけんね！」

「きみ、名前は？」

彼女はまるでたったいまぼくの存在に気づいたかのように目を丸くした。それから、まあ、名前くらい教えても害はないだろうという感じで教えてくれた。

「サキ、花が咲くのサキ」

「花が咲くの安永咲ちゃんか……猫の名前は誰がつけたと？」

「あたしとお父ちゃん」

ぼくらは猫たちのそばにしゃがみ、餌を食べている彼らの背中を撫でたり、ねこじゃらしをひっこぬいてきて邪魔したりした。猫たちが乱暴なふるまいに出ると、安永咲がすかさずどやしつけた。いまはあんたが魚を食っとるけど、お父ちゃんに言ってあんたらを魚の餌にすることもできるっちゃけんね。

「おばあちゃんを呼んでこっか？」

「じゃあ、うちに来る？」

ぼくはかぶりをふった。

そう言って彼女が立ち上がったので、ぼくも一緒に立ち上がって答えた。「いや、また今度にするよ」

「お父ちゃんの船、来週には帰ってくるよ」

「そしたら、咲ちゃんは港に迎えにいくと？」

「うん」ひとつうなずいてから、彼女は小さな手をふった。

「じゃあね」

「うん」ぼくもそうした。「またね」

ヤッスの娘は名残惜しそうにふり返りふり返りしながら帰っていった。ヤッスがいなかったら、この娘は生まれてこなかったかもしれない。ヤッスがいてくれて本当によかった。

それにひきかえ、ぼくはなんとかけ離れてしまったのだろう。かつて魂を震わせながら読んだ漫画の主人公たちは遠くおぼろで、ほとんど空っぽの廃屋と化している。咲が家に入るのを見とどけ、それからがつがつと雑魚を貪る猫たちを見下ろした。穴から這い出ることばかり考えていたけれど、猫たちはまさにその穴をとおってあの日からひょっこり出てきたのかもしれない。チロ、クロ、マダラ、ミミナシ、トラ、ガチャメ。注意深く観察すれば、たしかに名前のとおりの風貌をしている。

魚の発酵臭が電柱の根元にわだかまっていた。

ああ、むかしっからこいつら美味そうに食うなと思ったら、涙が溢れて止まらなくなった。

2

REASON TO BELIEVE

ソープランドで働いていた。

　そんなふうに言えば、たいていの人はぎょっとして二の句が継げなくなる。なかには、わたしの体をさっと値踏みする人もいる。

　おまえごときが？

　彼らは、服の上からではわからないものをわたしが隠し持っているのではないかと訝《いぶか》しむ。同時に、わたしに対して畏怖の念を抱く。このわたしに。そんなとき、わたしはすこしだけ神に近づく。神じゃないなら歴史に（娼婦は世界最古の女性の職業ではないか）。いずれにせよ、自分のかわりに破滅してくれるものに対して、男たちはいつだって憧れを抱く。たぶん彼らは、なにかをはき違えているのだ。

　同情されたり、嫌悪されたり、軽蔑されるのなら、まあ、わからなくもない。けっきょくのところ、いまの日本を牛耳っているのは、ジェンダーレスなんてギリシャ語くらいに思っているような昭和生まれなのだから。愉快なのは、女たちのなかにはわたしに嫉妬する者がいるということだ。わたしも女なので、そういう気持ちはなんとなく理解できる。実際に売るかどうかは別として、彼女たちはほかの女の肉体が売り物になるという事実に耐えられないのだ。

　わたしは服の下になにも隠し持っていないし、自分の体にどれほどの価値があるのかもわからない。

　だけど、これは本当の話だ。新型コロナウイルスのせいで職を転々としていたころ、わたしはたまたま南新地の〈M〉という店に流れ着いた。二〇二〇年の夏の終わりから冬のはじめにかけてのことだ。

　ただし、清掃係として。

　まわりで誰もコロナにかからなかったにもかかわらず、つまりひとりの感染者も出なかったにもかかわらず、新型コロナウイルスはいともたやすくわたしのアルバイト先だった小さなカフェをひねりつぶしてしまった。

　手に職があるわけでもなく、とくにやりたいことがあるわけでもないフリーターにとって、このご時世、つぎの働き口を見つけるのは生易しいことではなかった。おい、岩淵《いわぶち》あゆみ、どうせ自分は社会の歯車にしかなれないと思ってただろ？　バイトの面接でことわられるたびに、コロナウイルスにそう言われているような気がした。だけど、いまやその歯車でさえ選別がはじまったんだぜ。〈M〉を紹介してくれたのは、ハローワークへ行った帰りに街でばったり出くわした大隅《おおすみ》さんだった。大隅さんはわたしがカフェで働いていたころの常連さんで、コーヒー一杯で一時間でも二時間でも粘っていられる粋なおじいさんである。ほとんど毎日のようにコーヒーを飲みに来ていたので、大隅さんはわたしが働いていた店がつぶれてしまったことに心を痛めていた。

「ちょうどボーイがひとり辞めたったい。店のババアはおれの昔馴染みやけん、あゆみちゃんさえよかったらしばらく働いてみん？」

中洲大通りを南へ下って国体道路を渡れば、そこが南新地だ。

さほど広くもないこのエリアに、中洲の性風俗店の八割くらいが集まっている。大隅さんに聞いたかぎりでは、最初の緊急事態宣言後もその半分くらいが営業をつづけているとのことだった。

「店を閉めたらみんな路頭に迷うし、あのやり手ババアは行政やらいっちょん信じとらんけんね」

そのやり手ババアは民江《たみえ》さんといって、大隅さんより六つ年上の六十七歳、みんなからはただ「お母さん」と呼ばれていた。若いころはかなりの鉄火肌だったらしく、何度もヤクザ者と渡り合って店を守ってきただけあって、老いてなお眼光鋭く、優雅に着こなした紬《つむぎ》や絣《かすり》の襟元から、いまだ消えぬ色香をそこはかとなく漂わせていた。長らく何々組の誰某《だれそれ》兄さんの内縁だったのだと大隅さんが教えてくれた。

「有名なヤクザ者で、おれらも街で見かけたら道を空けたもんやけど、うちじゃなーんもせんて言うとったばい。外から帰ってきたら民江が靴下まで脱がせてやって、風呂で体ば洗《あろ》うてやらないかんやったげな」

「その人、いまはどうしてるんですか？」

とっくにあの世たい、と大隅さんは笑い飛ばした。どうやら民江さんが四十歳くらいのときに、敵対する暴力団に鉄砲で撃ち殺されてしまったらしい。

「民江はそのころに現役ば引退して、経営のほうに専念するようになったったい。それからは尼さんよりもきれいな体をしとるぜ」

〈M〉で働きだしてすぐにわかったのだが、民江さんはギャンブルが滅法強い。麻雀でもジャンケンでも、負けたことがないと言っていた。

「金を賭けんやったら負けることもあるけど、金がかかっとったらうちはぜったいに負けんよ」

店には待合室というものがあって、お客さんはまずそこにとおされる。そこでボーイに女の子たちの写真を見せてもらったり、煽情的なことを吹き込まれたりする。今日入ったばかりの娘で、ぜひ某《なにがし》さんに味見をしていただこうと思いまして。もとよりやる気満々の客にさらに火がつく。じゃあ、即即《そくそく》もオッケーね？　ボーイは心底同情を寄せるように両手の人差し指でバツをつくり、いやあ、すみません、うちは即即はちょっと……すると客の目が、まるで裸の王様を見破った少年のようにすっと醒めていく。

即即というのは、まあ言ってしまえば、体を洗うまえに即いろんなことをやるという意味だ。ふつうはまず体をきれいに洗うことからはじめるのだが、そこをすっ飛ばしたいという客は意外に多いらしい。たぶん、焦っているわけではない。彼らは金銭を介した関係であることを忘れて、本気でしばしの疑似恋愛を楽しみたいのだ。汗臭い体を受け入れてもらうことに、そうした男たちは愛の片鱗を見出す。

そこへ民江さんが背筋を伸ばしてすっと入ってくる。困惑顔のボーイを下げ、控えめな物腰で膝をつき、客の来店に心からの感謝を述べたあと、柔和な微笑を浮かべてこう持ちかける。それじゃ、某さん、うちと勝負しません？　客はたじろぐが、器の大きさも誇示したいので、動揺を見せまいと鷹揚にかまえる。なんの勝負ね？　なんでも、と民江さんはやんわりと相手に投げ返す。某さんが勝ったら今日は即即でよかですよ。客はごくりと生唾を呑む。民江さんはにっこり笑ってつづける。そのかわり、うちが勝ったらなんばしてもらおうかなあ。

「お母さんが負けたところはいっぺんも見たことがないばい」のちにわたしの天敵となるボーイ主任の松谷《まつたに》がそう言っていた。「ジャンケンでもトランプでもあっち向いてホイでも、ぜったいに負けんっちゃん」

客が満足して帰ったあと、わたしは情交の温気《うんき》のわだかまる個室の清掃作業にとりかかる。浴室を隅々まできれいに洗い、髪の毛一本見逃さずに乾いたタオルで磨きあげる。エアーマットについたローションを洗い流し、それもタオルできれいに拭きとる。乱れたベッドを整え、ゴミ箱を空け、歯ブラシや潤滑剤などを補充し、消臭スプレーをふり撒く。このご時世なので、もちろん消毒も念入りに。

予約が立て込んでいるときは、これらの作業を十分くらいで終わらせなければならない。これは意外にたいへんだ。しかもわたしは新入りなので、清掃が終わったあとには松谷による指差しチェックが待っている。彼は不機嫌な鬼軍曹のように部屋じゅうをいちいち指差しながら、不手際がないかをわたし自身に確認させる。

「排水口！」

「完了です！」

「ローション！」

「完了です！」

「枕に髪の毛がついとる！」

「すみませんでした！」

女の子が客を見送っている隙に個室に入れれば清掃時間が増えるのだが、さほど広くない〈M〉にはそうするための動線がない。客室は六室しかなく、それが赤い絨毯を敷きつめた廊下に点々と配置されている。つまりどの部屋へ行くにも、その廊下をとおらなければならない。うろちょろしている清掃係の姿が目に入れば、客の陶酔は風船みたいに破られてしまう。自分という人間は清掃されねばならない存在なのだと気づく。だから清掃係はけっして姿を見られてはならないし、店側はとにかく客同士の鉢合わせ、その他のいかなる鉢合わせも許さない。

女の子たちが客をすっかり送り出してしまうまで、わたしは廊下の突き当たりにあるリネン庫に身を潜めている。耳をそばだて、「お願いしまーす」という女の子たちの声が聞こえてから、清掃道具を入れたバケツを摑んでさっと飛び出していく。もし使用中の個室のとなりの部屋が空いていれば、そこに隠れていることもある。

誰もいない薄暗い個室は、まるで廃校になった学校の教室みたいだ。浴室に立てかけられたエアーマットや仄白く光るベッドのシーツをぼんやり眺めていると、それが黒板に書き残された日付やさよならの言葉に見えてくる。夢の欠片、授業中に頰杖をついて見上げた夏の雲……耳を澄ませば、それらのもの悲しい息遣いが聞こえてくる。

お姐さん方の控え室は、リネン庫脇の短い階段をあがったところにある。だけど、みんながそこを使うわけではない。キャストたちのなかには、ほかの女の子と顔を合わせるのを嫌って個室待機する人もいる。出勤してきたら割り当てられた個室に直行して、そこで客を迎え、仕事が跳ねたら個室からそのまま帰宅するのだ。そういう女の子たちは、どちらかといえば若くて可愛い。彼女たちの芸といえばそれだけで、同僚とも従業員とも打ち解ける気がなく、暇さえあればスマホをいじっている。

かたや控え室に集まるのは、ちょっと年季の入ったお姐さん方が多い。客に見せるアルバムには二十七とか八とかで載せているけど、じつのところ三十歳をうんと過ぎていたりする。嘘みたいな話だが、わたしが〈M〉にいたころには三十歳で押しとおしている四十二歳のおばさんがいた。

　そのせいか、みんな口さがない。気さくで、彼女たちが身に着けている下着のように明け透けだ。近所に九楽軒《クラーケン》という美味しい中華料理屋があって、お姐さん方は好んでその店から出前をとったが、出前持ちの男の子がやってくれば、からかわずにはいられなかった。素肌に天女の羽衣のような薄っぺらいガウンを羽織り、ラーメンやチャーハンを受け取るときにちらりと胸元などを覗かせてやる。いっそのこと出前持ちの男の子の股間をむんずと摑む人もいる。

「あら、あんた、うちの別れた旦那によう似とうねえ！」

「ねえ、ポケットにお釣りのお金がいっぱい入っとうっちゃろ？　ちょっと遊んでいかんね」

「ちょっとこの子の鼻ば見てん、こういう鼻の男はアレがでかいとよ！」

　それで出前持ちが赤面してたじたじになれば、満座の大爆笑だ。

　わたしはこういうところで働く女性にどう接したらいいのか、ぶっちゃけ最後までよくわからなかった。彼女たちは屈託なくわたしに接してくれるけれど、一見天真爛漫に見えるその屈託のなさがじつはそれほど天真爛漫ではなく、言ってしまえば辛酸を嘗め尽くしたあと、一周まわってまた天真爛漫に立ち還ってきたような凄味があった。それがいつもわたしを落ち着かなくさせた。掌《てのひら》の上で遊ばれているような気がしたのだ。だから、いつも彼女たちから顔をそむけていた。

　いろんな人がいろんな理由で〈M〉にやってきては、いつのまにかいなくなった。わたしが働いていた三カ月のあいだにも、たくさんの女性がやってきては消えていった。たった一日だけ働いて、二度と見かけなくなった人もいる。

そのことについては、別段なにも言うことはない。それはわたしの人生ではないし、いまはコロナでにっちもさっちもいかない人がたくさんいる。他人の生き方にとやかく口出しできるほどわたしは立派なものでもない。わたしがどう思おうと、それはしょせんなんの覚悟も持たない部外者のしみったれた感傷でしかない。そして、そのしみったれた感傷の裏側には、往々にして偏見が隠れていたりする。認めよう。わたしは南新地の女たちに偏見を持っていた。だって、わたしは逆立ちをしたって彼女たちのようにはなれないし、なりたくもない。彼女たちのような友達だってひとりもいない。それでも偏見を持ってないなんていけしゃあしゃあと言えるほど、わたしの面の皮は厚くない。

よく聞くのは借金があるという話だ。わたしとしてはそれが自業自得の借金で、彼女たちが南新地で働くことを誰かに強要されたり、暴力をふるわれたりしていないことを祈るばかりだ。よほどの不器量でないかぎり、たいていは即日採用になる。自慢ではないが、このわたしですら、その気になったらいつでも雇ってやるとマネージャーの南《みなみ》さんに言われていた。時給に換算したら一万円くらいにはなるという。

「えー、でも研修とかで南さんとやらなきゃいけないんですよね？　ムリムリムリ！」

「いまはもうそんなことせんよ」強面の南さんはすこし傷ついたみたいだった。「女の子が嫌がるけん最近はＤＶＤば見せると」

ふむ、時給一万か……と真剣に悩みかけて、いやいやいやいやと首をふって打ち消す。〈M〉にいると、不特定多数の男とセックスをする女が南新地の外でどういう扱いを受けるのか、うっかり忘れそうになる。男は女に聖母と娼婦の両方を求めると言うけれど、考えてみればこれはおかしな話だ。だって、彼らはその娼婦性をも独占したがる。だけど、ひとりの男に独占された娼婦性など、もはや娼婦性でもなんでもないじゃないか。とどのつまり、とわたしは思ったものだ。ふつうの男たちが求めているのは聖母に潜む娼婦性であって、その逆ではない。とはいえ、娼婦に潜む聖母性を求める男だっていないわけじゃない。そういう男たちは、どこへ行けばいいのかをちゃんと心得ている——そう、南新地だ。

仕事に慣れるのに精いっぱいで、最初の数週間は飛ぶように過ぎていった。

松谷主任の指導は厳しかったが、やつが厳しいのは他人に対してだけだということも徐々にわかってきた。わたしたちはふたり一組で清掃作業にあたっていたのだが、女の子から部屋がまだ汚れていると文句が出ると、たとえそこが松谷の担当した部屋でも、みんなわたしのせいにされた。

「指差し点検はしたとや？」

「申し訳ありません！」そこはおまえがやったよなと思いつつ、行き着くところまで行き着いてしまった女の哀しさでわたしは体を九十度に折ってあやまる。「すぐにやり直します！」

その松谷はといえば、煙草なんかを吹かしているアンナさんやらユウナさんやらヒトミさんやらにへいこらし、やり直しの掃除をさせられているわたしを親指で指しながら、最近の若いのは使えんですよ、ちゃんと叱っておきますんで、とかなんとかぬかしてやがる。民江さんのことも、裏にまわればあのババア呼ばわりしていた。民江さんの目があるからさすがに店の女の子にちょっかいを出すことはないが、松谷が女をものとしか見ていないのは、ある日、やつがわたしに対してキレたときにわかった。

その夜は予約が一件しか入っておらず、飛びこみの客も午後十時過ぎまでぜんぜんいなかった。地獄のように暑かった八月が過ぎ、九月も終わりに差しかかっていた。

わたしはすでにひとりで清掃をまかせられていて、女の子たちからは仕事が速くて丁寧だと評判だった。それが民江さんの耳にも入り、彼女はときどきふらりとリネン庫兼清掃係の控え室にやってきては世間話をしていくことがあった。民江さんはわたしをねぎらい、缶コーヒーなどを差し入れ、そして松谷をからかった。

「まっちゃん、あんたのほうがあゆみちゃんにいろいろ教わらないかんねえ！」

すると松谷はいつも、またあ、勘弁してくださいよお母さん、などと言ってヘラヘラ笑うのだが、腹のなかは煮えくり返っていたのだ。で、女の子が客を送り出したあと、個室の清掃にとりかかっていたわたしを背後から襲った。

「おい、岩淵、貴様《きさん》調子こいとろ」松谷は両手でわたしの胸を鷲摑みにしてそう言った。「やろうと思ったら、おまえをこの店から追い出すこともできるっちゃけんな」

　びっくりしすぎて、しばらく相手のなすがままになっていた。身をよじり、やめてくださいと言ってみたが、その声は弱々しくわなないていた。膝が震え、立っていることすらままならない。

「やめて……大声を出しますよ」

「出してみい」彼は冷笑しながらわたしの胸を揉む手に力をこめた。「本当は嬉しいっちゃろうが、ええ？　顔を見りゃわかるとぜ」

　わたしがいったいどんな顔をしていたというのか？　体から力が抜け、胸がふさがって息ができない。空気を求めて喘ぐわたしを見て、松谷は思い違いを深めたようだった。

「なんや、やっぱり気持ちいいとや？」耳に熱い吐息を吹きかけられた。「だいたいおれは痩せとって乳《チャチャ》の太か女子《おなご》が好きっちゃばってんね」

　たわけたことを！　まるでわたしのような痩せてもおらず、胸もさほど大きくない女は、やってもらえるだけでもありがたく思えと言っているような口ぶりだ。虫唾が走った。ふり向きざま、この下劣なクソ野郎に平手打ちを食らわせる。それから、こう言ってやる。その汚い手を放せ、ばかやろう！

　わたしはふり向きもせず、言いたいことも言えなかった。恥を忍んで言えば、一瞬、ほんの一瞬だけ、自分の体とこの仕事を天秤にかけさえした。ここで人間関係をこじらせて仕事を辞めてしまえば、明日からおまんまの食い上げだ。

　あの瞬間、わたしに突きつけられていたのは二者択一の問題などではなかった。つまり体を守るか、心を守るかなどという生易しい話ではなかった。心と体ってまるでシーソーみたいだと思う。体を切り離せば心が腐る。心を守れば体が餓える。ギッタン、バッタン、ギッタン、バッタン。だけど肉体が圧倒的な暴力にさらされたとき、物事は驚くほど素早く二者択一の問題に整理されていく。心を死守してほんとうに死ぬか、それとも心を裏切って体を明け渡すか。わたしにできるのは背中を丸め、吐き気を催す抱擁から逃れようともがき、この不愉快極まりない状況が一秒でも早く過ぎ去ってくれるのを祈ることだけだった。

そして松谷のような男は、こうした女の揺らぎをけっして見逃さない。うしろから抱きすくめ、わたしの肩に顎をのせ、頬をすりつけてくる。垣間見えたやつの横顔は邪悪な確信に輝いていた。

この新しい職場では、金次第でなんでも手に入る。ここで働く女たちは心を金に換算することに慣れている。金で買われる女たちをずっと見ていると、金で買われるということにだんだん罪悪感がなくなってくる。それだって彼女たちの生き方で、その潔さがわたしの生き方にも食いこんでくる。わたしは消え入りそうな声で、やめて、やめて、と繰り返した。それは心の底から出た言葉だけど、交渉の余地がまったくないわけではなかった。

「すけべな女やねえ」松谷は笑いながら、わたしの体をまさぐった。「本当はやめてほしくないっちゃろうが」

そうかもしれない。わたしはすけべな女なのかもしれない。こんなクズ野郎にいいようにされてなにもやり返せない女なんか、すけべな女と言われたってしかたがない。

砕け散った自尊心が涙となって溢れた。

松谷はわたしを荒々しく壁に押し付け、清掃係の黒いスカートをたくし上げるのと同時に、自分の黒いスラックスのベルトをもどかしげに解いていく。こいつは虫だ。尻を抱え上げられながら、わたしはそう思った。虫に人の言葉はつうじないし、虫に刺されるのはわたしのせいじゃない。

そんな状態で個室のドアが勢いよく開いたものだから、わたしたちはびっくりして飛び上がってしまった。

「松谷さんのお母さんって人が来てますよ」

戸口に立っていたのは、先ほどまでこの部屋で客を取っていたナツナさんだった。てっきり控え室に戻ったものとばかり思っていた。指先に煙草をぶら下げたナツナさんは、間延びした声で言った。

「店の外で待ってまーす」

松谷が感電したみたいに身を引き、わたしは反射的にめくれ上がったスカートを引き下ろす。その様子を、戸枠によりかかったナツナさんが熱のこもらない目で眺めていた。

一時的に心を入れ替えた暴力男みたいに松谷が愛想笑いをふり撒きながら——いやいやいやいやいや、ちがうんすよ、なんせこいつがもの欲しそうに……いやいやいやいや、だからちがうんですってて——ナツナさんの脇をすり抜けて出ていく。あたふたと逃げていく松谷を鼻で嘲笑ってから、ナツナさんはわたしに目を戻して一服した。

その醒めた視線を支えきれず、わたしは彼女に背を向けてこそこそと着衣や髪の乱れを整えた。彼女の目にはわたしと松谷が共犯者のように映ったかもしれない。弁解すべきか礼を言うべきかわからずにもじもじしていると、ナツナさんのほうが先に口を開いた。

「大丈夫?」

「はい……」わたしは彼女に向き直って頭を下げた。「あの……ありがとうございました」

「お母さんに言っても無駄やと思うよ」彼女は自分のタイミングで、自分の言いたいことを言った。「あの人、営業成績がいいけんねぇ」

わたしにできるのは、顔を伏せて石ころのように押し黙っていることだけだった。薄暗いシャンデリアの影が、廊下の壁で揺れていた。

「男と女ってさ、事実ばっかし残って真実やら誰も気にせんやん。あんたが心の底から嫌がっとったとしても、こんなところでやられたらその事実しか残らんし、下手したらあんたのほうが誘ったってなるよ。はたから見た感じ、あんたもそんなに嫌そうやなかったし」

松谷の立場で考えてみても、なんの慰めにもならなかった。真実はあの畜生が女を見下していること、わたしのようなパッとしない女はいつも男にやられたがっていると決めつけていること。だけど事実は、あの強姦魔に好き放題されてもわたしが舌を嚙み切りもせず、他人の目にはまんざらでもないように映っていたこと。

顔を上げると、ナツナさんはもうどこにもいなかった。煙草のにおいだけが、後悔の残り香のようにうっすらと漂っていた。

　翌日から仕事へ行くことが苦行になった。あたりまえだ。とりあえず傷物にはならなかったけれど、あの男が同じ空間にいると思うだけで動悸がし、呼吸が苦しくなり、気がつけばしゃがみこんで吐き気をこらえていることもあった。

　あのときのことを考えるたびに、わたしはネットで見たゾンビゼミを思い出した。これはマッソスポラというばい菌によって生殖器や腹を食い落とされたセミがゾンビ化してしまうという、身の毛もよだつしろものである。マッソスポラは食い落としたセミの五臓六腑を自分の胞子で埋め合わせていく。この病菌はマジックマッシュルームと同じ成分を持っていて、感染したセミは（わたしが想像するに）サイケデリックな幻覚に囚われて酩酊状態に陥る。マッソスポラはそんなかわいそうなセミを操って、やりたい放題やっているのだ。YouTubeで見るかぎり、腹部がまるで消しゴムみたいになったゾンビゼミは目を赤々と輝かせ、体の三分の一が欠落していてもなんのその、平生どおり元気に飛んだり交尾したりする。感染したオスがメスのふりをして、ほかのオスをおびき寄せて感染拡大を図ることもある。

　ああ、体なんて、まったくあてにならない。内側になにが巣食っているかわかりゃしない。美しい体を恐ろしいものが操っていたりする。でも、それを言うなら逆もまたしかりだ。南新地に首までどっぷり浸かっていたって、けっして汚されないものを持っている人たちはちゃんといる。わたしが見ようとしなかっただけだ。体にまつわることはみんな事実だけど、だからといって真実だとはかぎらない。もしあのときナツナさんが来てくれなかったらと思うと、ぞっとする。彼女にたすけてもらえなかったら、わたしはあのゾンビゼミ野郎にやられたあげく、きっと自分がもう死んでしまったことにも気づかず、ほかの誰かを不幸せにするだけの生ける屍となっていたかもしれない。

それ以来、清掃に入るときは、いつでも部屋に鍵をかけるようにした。清掃中に鍵をかけることは禁じられていたのだが、どうせマネージャーの南さんがマスターキーを持っているし、そのことで咎《とが》められたらすっぱりと辞めようと思っていた。こんなところ、なんの未練もない。

民江さんはわたしの災難を知らないか、たとえ知っていたとしても、たいしたことだとは思っていないようだった。あんなものは近所の悪ガキに意地悪をされた程度のことなのかもしれない。いずれにせよ、そのことでなにかを言われたり、慰められたりするということはなかった。警察に訴え出たとして、なにをどう説明すればいい？　ソープランドで男にやられそうになりました？　それを聞いた警察官は心のなかでツッコミを入れるだろう。だってソープってそういうところやん！

その民江さんが親不孝通りでライヴをやった。わたしが〈M〉を去るすこしまえの、十月最後の火曜日のことだった。

その日も昼間に予約客がふたり来ただけで、終日閑古鳥が啼いていた。南さんは受付で鼻毛を抜きながら、店の有線放送でニュースを聞いていた。感染者数は全国的にじりじり増えてきていて、第三波の到来に日本じゅうがうんざりしていた。これから寒くなるにしたがって、もっとのっぴきならないことになるだろう。コロナといい、この仕事といい、もうこれ以上生きていてもしかたがないという気にさせられる。

ふだんであれば午前零時までの営業時間を、民江さんは三時間も早く切り上げた。そして、その夜出勤していた女の子たち全員と——といっても三人だけだが——彼女たちの望むかたちで勝負をした。

「あんたたちが勝ったら、うちのツケで好きなものでも食べり。そのかわりうちが勝ったら、チケットば買ってもらうけんね」

民江さんが高らかにそう言うと、退屈をかこつスタッフがぞろぞろと受付に集まってきた。そのなかに、このあいだのナツナさんもいた。

女の子たちはあまり気乗りがしないながらも、とにかく勝負には応じた。あっち向いてほい、ふたりで交互に一から四までの数字を言いながら親指を立てていく例のゲーム。ナツナさんとは、民江さんが「シンシナティ・キッド」と呼ぶところのコイン投げをやった。むかし『シンシナティ・キッド』という映画があって、そのなかでスティーヴ・マックィーン扮するギャンブラーのシンシナティ・キッドが黒人の少年とこれをやるらしい。ふたりでコインを放り投げて、より壁に近いほうの勝ち。

結果は民江さんの一勝二敗で、その一勝はナツナさんからもぎ取ったものだった。

「まあ、たいした金もかかっとらんけんね」と民江さんは負け惜しみを言った。「じゃあ、あゆみちゃんとはなんで勝負しようか？」

松谷がにやにやしながら見物していたので、わたしはその場から逃げたい一心でこう言った。

「あ、大丈夫です、わたし行きます……てゆーか、連れてってください」

ぶっちゃけどうでもよかったのだけれど、民江さんのいない店であの疫病神とふたりきりで清掃をするくらいなら、疲れた体に鞭打って聴きたくもない歌を聴くくらいなんでもない。

「いい娘やねえ！」民江さんが抱きついてきた。「そんなわけやけん、まっちゃん、あとはよろしく」

松谷は、いってらっしゃい、あとのことはまかしてください、とぺこぺこ頭を下げたが、民江さんが見ていない隙にわたしの耳元で「この貸しはちゃんと返してもらうけんな」と素早くささやくことも忘れなかった。

そんなわけで、民江さんとナツナさんとわたしは一台のタクシーに乗りこみ、親不孝通りにある〈キング・アルマジロ〉へと繰り出したのだった。

さほど広くない店内は、換気もへったくれもあったものではなかった。

マスクをしている人なんてほとんどおらず、煙草の煙と笑い声が充満していた。もし黒い羊が一匹でも紛れこんでいたら、こんなところ一発でアウトだ。

　ウナギの寝床のようなフロアに四人ほどが腰かけられるカウンターがあり、いちばん奥が狭いステージになっている。鼻にピアスをした男の子がひとりで切り盛りしているカウンターには酒瓶がところせましとならび、ＣＤや本や雑誌がまるでジェンガのように危なっかしく積み上がっていた。

　ポスターや落書きや誰かのサインで埋めつくされた壁に沿ってテーブル席が三つならび、そのほとんどを五、六十代くらいのジイさんバアさんが占めていた。やかましいロックがかかっていたので、誰もが唾を飛ばしてわめいている。薄い髪をかろうじてリーゼントにしたジイさんが、しわの襞《ひだ》にまでファンデーションを塗りこんだバアさんの肩を抱き寄せて高校生みたいに乳繰り合っていた。みんなまるで少年少女のようにキラキラしていた。

　バンドが出てきたのは、午後十一時ごろだった。

　民江さんは肩を露出した真紅のドレスを着ていた。和服にあわせてきっちり結い上げたいつもの髪型ではなく、このときは頭に派手なスカーフを巻いたジプシーふうだった。目のまわりを黒々と塗りたくっていて、革や銀のアクセサリーをじゃらじゃらつけていた。とても七十近いとは思えない。ほかのメンバーはうんと若くて、四十代か五十代に見えた。

　ジジババどもが自分の歳も考えずにヒュウヒュウ騒いだ。指笛をピーピー鳴らす人もいた。誰かが「民江さん、愛してる」と叫ぶと、民江さんもマイクに顔を近づけて「うちも愛しとうよ」と低い声でささやいた。たったそれだけのことで、民江さんは一瞬にして女王の地位を不動のものにした。

「愛を語る人には二種類おる。ひとつは愛しか語るべきものを持たんやつ、もうひとつは愛が売り物になると知っとるやつ。うちは後のほうやね」

みんながどっと笑った。

古い人たちばかりのバンドは、古い古い曲を演奏した。古いけれど、彼らのなかでは夏休みみたいに永遠に輝きつづけているナンバーを。わたしが生まれるまえの歌を、民江さんはすこしかすれた声でしっとり歌いあげた。その声には悲しみと痛みと、それらがもう風化してしまったようなおだやかさが滲んでいた。ビリー・ホリデイやペギー・リーといった人たちの歌らしかった。父がよく聴いていた青江三奈の「長崎ブルース」もやった。

身の置き場に困って目をめぐらせると、ナツナさんがカウンターから手招きをしてくれた。なにを飲むかと訊かれて、わたしは彼女のグラスを見やった。レモンサワーだと言うので、同じものをたのんだ。鼻にピアスをした男の子が頷き、自家製のレモンシロップからつぶつぶ入りの甘酸っぱいサワーをこしらえてくれた。

わたしとナツナさんはグラスをあわせ、しばらくステージに目を向けていた。

「あれから、大丈夫?」ナツナさんがおもむろにふり返った。「松谷さんのこと」

顔が曇っていくのが、自分でもわかった。

「あの人、ほんとはそんなに悪い人やないよ。お母さんに聞いたっちゃけど、子供のころにDVを受けて施設で育ったみたいやね」

　殴られて当然のやつですもんねというひと言はどうにか言わず、レモンサワーといっしょに喉に流しこんだ。その手のニュースをテレビで見るたびにはらわたが煮えくり返るわたしだが、こと松谷に関していえば、そのときに殴り殺されなかったことを心底残念に思った。

「なのに、いまでもお母さんに……あ、民江さんやなくて本当のお母さんね。お母さんに毎月お金をやりようって。ほら、あの日もそうやったとよ」

　つまり、とわたしは思った。あの日、その本当のお母さんってのが訪ねてきてくれたおかげで、わたしは九死に一生を得たということか。黙って酒を飲み、しばらくぼんやりと歌を聴いたあとで、今度はこちらから質問してみた。

「あたしって、あんなことしても大丈夫な女に見えるんですかね」

　ナツナさんの目が流れてくる。

「男って、大事な女以外、みんなゴミ扱いしてもいいと思ってるんですかね」

「けど、女も似たようなもんやない？」

「あいつ、結婚とかしてるんですか？」

「どうやろ……そんな話はしたことないな」

「店に来るお客さんも既婚者っぽいのが多いじゃないですか」

「そうやね」

「なんで男ってひとりで満足できないんですか？」

「あゆみちゃんはいくつ？」

　わたしが注意深く「二十九になります」と答えると、ナツナさんが目を丸くして「マジで？　うちより三つも上やん、ウケる」と言って笑い、その延長線上でこうつづけた。「たぶん、いちばん大事な人が抱いとって楽しい人とはかぎらんけんやないかな」

「ひっでー」わたしは両拳でカウンターをガンガン叩いた。「じゃあ、抱いとって楽しい人と付き合えばいいのに」

「そこが人生の奥深いところやね」ナツナさんは片眉を持ち上げ、レモンサワーをちびりとやった。「逆もまたしかりよ。抱いとって楽しい女が、いっしょにおって楽しい女ともかぎらんやん」

　そのときのなにがわたしを突き動かしたのだろう。それはナツナさんの打ち解けた笑顔のせいだったのかもしれない。それか、民江さんの明け透けな態度のせいだったのかもしれない。自分の正体を隠そうともしない民江さんの歌声に浸っていると、人生、たいていのことはどうにでもなるような気がした。あるいはアルコールのせいかもしれないし、ひさしぶりに自分を憐れんだせいかもしれない。いずれにせよ、わたしはほとんどなにも考えずに、どうしてこんな商売をしているのかとナツナさんに尋ねた。

　彼女が目をしばたたいたので、わたしはたちまち後悔した。狼狽してもごもごとあやまるわたしに、ナツナさんは首を横にふってみせた。

「好きやった人がバイクで死んで自棄になっとった。なーんか、もう生きとってもしようがないなーって」

「それでこの仕事を？」

「どうせ死ぬんやったら、もう体とかいらんやろ？　買ってくれる人がおったらさっさと売り飛ばして、面白おかしく暮らして、それで誰も買ってくれんようになったら死ねばいいって思っとったっちゃんね」

「いまも？」わたしは悲しくなって、勢いこんで尋ねた。「いまもそう思ってるんですか？」

ナツナさんは曖昧に微笑み、ステージに目をめぐらせた。

　身動きすらままならないちっぽけなステージの上で、民江さんが紫色のスポットライトを浴びて英語の歌を歌っていた。聴いたこともない歌だし、英語なんかわからないけれど、愛とか孤独とか諦めについての歌だという気がした。

If I listened long enough to you
I'd find a way to believe that it's all true
Knowing that you lied straight-faced while I cried
Still I look to find a reason to believe

静かに歌詞を諳んじたナツナさんの横顔を、まじまじと見つめずにはいられなかった。

「『REASON《リーズン》 TO《トゥ》 BELIEVE《ビリーヴ》』という歌」彼女はふりむかずにそう言った。「お母さん、この歌をよく歌うとよ」

　わたしは頷いた。

「いまはもう死んでもしようがないって気がする」ステージを見つめたまま、ナッツナさんがつぶやいた。「うまく言えんけど、この歌みたいにうちも真顔で嘘をつくことを覚えてしまったけんかな」気温が一気に九度も下がった十一月のなかば、わたしが〈M〉を辞めるまえに、〈M〉のほうがあっさりとつぶれてしまった。

　そんなわけで、わたしは結果的にまたしても職を失った。最後に〈M〉の後片付けを手伝ったときは、あの松谷でさえしょんぼりしていた。わたしが私物をまとめているときに、やつがふらりとリネン庫に入ってきた。

「おい、岩淵」

　そう呼びかけたきり、むっつりと黙りこんでしまった。どこにも逃げ場などなかった。民江さんも南さんも外出していて、わたしと松谷のほか店には誰もいなかった。

　わたしはやつを睨みつけ、手の指を猛禽類の爪のようにぐっと曲げて戦闘に備えた。もしこのシラミ野郎がまた性懲りもなくわたしの生血を吸おうとするなら、今度こそ刺し違えてやる！　やつが死ぬか、こっちがくたばるか、ふたつにひとつだ。失業に次ぐ失業で、わたしはそれくらい捨て鉢になっていた。

結論から言うと、なにも起こらなかった。すくなくとも、わたしが期待していたようなことはなにも。

「お疲れさん」

それだけ言うと、松谷は顔を伏せたまま、リネン庫から出ていってしまった。

それだけだった。

血を見る気満々だったわたしは拍子抜けし、ひとり相撲を取らされた後味の悪さを噛みしめながら、黙々と後片付けをつづけるしかなかった。しばらくして外出から戻ってきた南さんが、日給とは別に三万円くれた。

「ここのテナント料もバカにならんけん、少ないばってん取っといてよ」

「南さんはこれからどうするんですか？」

南さんが力なく首をふった。

店の有線放送からは静かなインストゥルメンタルが流れていた。思えば〈M〉ではよくジャズがかかっていた。チャンネル権は南さんが握っていたので、いまさらながら南さんの趣味だったのだろうと思う。

わたしたちは所在なく立ちつくし、しばらくその曲を聴いていた。黄昏のカリフォルニアの海岸をわたしは思い浮かべた。そんなところにはもちろん縁もゆかりもないけれど、それでも反復するサックスのメロディはゆったりと起伏する海原を、やさしいギターの音色はそよ風やカモメを見せてくれた。

「グラント・グリーンの曲や」南さんが言った。「スタイリスティックスのカバーよ」

わたしは頷いた。

「お母さんの持ち歌のなかで、おれのいちばん好きな歌や」

見果てぬサンディエゴの海、波間にたゆたう夕暮れのサーファー、微熱を帯びた素肌にかかる金色の髪、ココナッツのようなサンオイルのにおい――そのなにもかもが、わたしたちからなんて遠いのだろう。涙が出るほど遠い。ここは博多の南新地で、わたしはつぶれたソープランドにいて、こんな美しい曲にふさわしい人生なんて本当にあるのだろうかと考えている。

曲が終わるまえに、ガラの悪い男たちがやってきた。南さんは彼らとひそひそ声でなにやら話しこみ、気がつけば松谷とともにいなくなっていた。

三万円。

いずれにせよ、それがわたしの退職金なのだった。そして曲が終わり、わたしはひとつの現実から抜け出し、もうひとつの現実へと帰っていく。そちらの現実にも、カリフォルニアの出る幕などどこにもない。

どこかの金持ちがわたしのまえに跪いてプロポーズしてくれるあてもないので、またなしくずしに仕事探しの日々がはじまった。

はてしのない螺旋階段をどこまでも下りていくような気分だった。一周まわるたびに、状況はどんどん悪くなっていく。コロナのせいで、日本経済は下降の一途をたどっていた。

覚悟していたことではあるけれど、職探しは難航を極めた。ハローワークは以前とくらべて明るくも楽しくもなっていなかった。失業者がやってきては溜め息をつき、窓口で粘ったあげく、肩をがっくり落として去っていく。パソコンで職探しをする人々の目は虚ろで、使い古された言い回しではあるけれど、まるで干し草の山から針を探すような無力感と絶望感を漂わせていた。ハロワはたしかに仕事探しをする場所なのだけれど、問題は誰もがそこで見つけられる仕事よりも自分のほうが一段上等の人間だと思っていることだった。つまりわたしが思うような仕事など一朝一夕で見つかるはずもなく、けっきょくずるずると時間だけが過ぎていった。

そうこうしているうちに誰にとっても最悪だった二〇二〇年が終わり、もっと最悪な二〇二一年になった。ワクチンの接種はどうにかはじまったけれど、コロナウイルスも知恵をつけて変異株で人類に挑んできた。緊急事態宣言は下校を促す校内放送くらいの意味しか持たなくなっていった。

その後もわたしはいくつかの仕事を転々とした。ビルの清掃、弁当工場での惣菜詰め、流通センターでの荷捌き。食うためにあくせくするうちに、〈M〉で働いた日々もすこしずつ記憶から薄れていった。

その後、一度だけ〈M〉にいた人を見かけた。フードデリバリーのアルバイトをはじめたわたしがあのバカでかいリュックを背負い、自転車にまたがって信号待ちをしているときだった。

　松谷がみずぼらしい老女の手を引いて、わたしのまえを横切っていった。わたしはびっくり仰天してこう思った。何度流しても便器に戻ってくるこのクソ野郎め！　被っていたキャップをあわてて目深に引き下ろしたおかげで、どうにか気づかれずにすんだ。

蓬髪垢面《ほうはつこうめん》の老女は可愛いゆえに凶暴な感じのするスウェットの上下を着ていて、裸足にサンダル履きだった。松谷は片手で老女の手を引き、もう片方の手で電話をかけていた。はい、はい、とスマホにへいこらしながら、やつは老女に向かって困ったように笑いかけた。こんなときに仕事の電話かよ、というふうに。はい、小林様、それでは本日午後七時にミカさんの予約を——たぶん同じ業種に再就職したのだろうと、わたしは見当をつけた。

「ほら、母ちゃん、車に気をつけり」そう言って、松谷が老女に微笑みかけた。「慌てんでいいけん、ゆっくり歩き」

　胸がざわついた。こんなことで胸がざわつく自分に腹が立った。あのシラミ野郎に対する見立てが揺さぶられ、自分のほうが悪者になってしまったような、そんな不愉快な負い目を感じた。誰がなんと言おうと松谷はゴキブリ以下のクソ野郎だけど、そのクソのなかに砂金でも見つけてしまったような気分だった。

　正直に言って、南新地のあの場所にいた人々の顔をわたしはほとんど思い出せない。民江さんや南さんやナツナさんだって例外ではない。個室や控え室で顔を合わせることがあっても、これからセックスをする人や、セックスをしたばかりの人の顔をまともに見ることができなかった。廊下でお姐さん方とすれちがうとき、わたしはいつも顔を伏せ、さも忙しいふりをしてそそくさと立ち去った。

いま思い返してみても、彼女たちの姿形はぼんやりとしていて曖昧だ。頭のてっぺんから爪先まで不透明な蠟《ろう》にすっぽりとおおわれている。わたしにとって彼女たちは、みんな同じ鋳型からつくられた蠟人形にすぎなかった。たぶん、心のどこかで彼女たちを見下していたのだ。

遠ざかる松谷とその母親の背中をぼんやりと眺めながら、もう顔も思い出せやしないナツナさんの声が聞こえていた。男と女ってさ、事実ばっかし残って真実やら誰も気にせんやん——あのときの事実と真実について考えてみた。事実はソープランドで働いていた女が男にやられかけたこと。真実はわたしが松谷に怯えていたこと、みんなを見下していたこと、自分はこんなところで終わるような人間じゃないと思いつつ、あの仕事をまだ失いたくないと思ってしまったこと。

つまり、わたしもあなたのように真顔で嘘をつくほうの人間だったというわけだ。

大きな夕陽がビル群のむこうに落ちかけていた。わたしは寄り添う親子の後ろ姿を見送り、誰にともなく舌打ちをし、それから生活のために自転車を漕いで走り去った。

わたしは誰かの夕飯を届けなければならなかった。

初出一覧

I love you Debby　（二〇一六年一月、講談社）

ドン・ロドリゴと首なしお化け　『短編ホテル』（二〇二一年七月〜九月に配信された作品を加筆・修正して編んだオリジナル文庫です。web 集英社文庫）

モップと洗剤　新潮（二〇二三年四月号、新潮社）

わたしはわたしで　小説新潮（二〇二一年八・九月号、新潮社）

遡上　小説新潮（二〇二一年三月号、新潮社）

REASON TO BELIEVE　文学ムック「ことばと」vol.4（二〇二一年十月、書肆侃侃房）

■著者プロフィール

東山彰良（ひがしやま・あきら）

1968年台湾台北市生まれ。9歳の時に家族で福岡県に移住。2003年第1回「このミステリーがすごい！」大賞銀賞・読者賞受賞の長編を改題した『逃亡作法 TURD ON THE RUN』で、作家としてデビュー。09年『路傍』で第11回大藪春彦賞を、15年『流』で第153回直木賞を、16年『罪の終わり』で中央公論文芸賞を受賞。17年から18年にかけて『僕が殺した人と僕を殺した人』で第34回織田作之助賞、第69回読売文学賞、第3回渡辺淳一文学賞を受賞する。『Turn! Turn! Turn!』『夜汐』『越境』『小さな場所』『どの口が愛を語るんだ』『怪物』など著書多数。訳書に、『ブラック・デトロイト』（ドナルド・ゴインズ著）がある。

わたしはわたしで

2023年12月19日　第1刷発行

著　者　東山彰良
発行者　池田雪
発行所　株式会社 書肆侃侃房（しょしかんかんぼう）
〒810-0041 福岡市中央区大名2-8-18-501
TEL 092-735-2802　FAX 092-735-2792
http://www.kankanbou.com
info@kankanbou.com

編　集　田島安江
装　幀　藤田瞳
ＤＴＰ　黒木留実
印刷・製本　モリモト印刷株式会社

ISBN978-4-86385-605-9 C0093